Walter Landin

52-iger Jahrgang, Pfälzer, Dirmsteiner, Mannheimer (seit 1974), lebt in Mannheim und in Hertlingshausen. Lehrer im Ruhestand. Schreibt Prosa und Lyrik sowie Texte im „Pälzer Saund".

1984 - erster Preis beim Mannheimer Kurzgeschichten-Wettbewerb, 1985 - „Wenn erst Gras wächst", Erzählungen,, 1988 - „Dorfluft", Erzählung, 1990 - Förderpreis Literatur des Bezirksverbandes Pfalz, 1993 - „Kennscht du detscht du", Pälzer Saund, 1999 - „das Gras die Stille der Mohn", Gedichte, 2005 – „Wu bitte is die Speisekart?", Pälzer Saund, 2007 – „Mord im Quadrat" – Erzählungen, (2012 in 6. Auflage), 2008 – „Mannheimer Karussell", Kriminalroman, 2009 – „Bluthitze" Kommissar Lauer ermittelt, Kriminalroman, 2011 – „Eiswut", zweiter Krimi mit Kommissar Lauer, Wellhöfer Verlag Mannheim, 2013 - „Mordsherbst", Kommissar Lauers dritter Fall, 2015 - „Gefährlicher Treffpunkt", Kommissar Lauers vierter Fall.

www.landin.de
www.facebook.com/Kommissar.Lauer
info@landin.de

Für Florian & Julia

Walter Landin

Mehr Morde im Quadrat

Neue Kriminalgeschichten

Impressum

Alle Erzählungen aus „Mehr Morde im Quadrat" sind frei erfunden. Ähnlichkeiten mit wirklichen Personen oder tatsächlichen Ereignissen sind nicht beabsichtigt und rein zufällig.

© 2016 Walter Landin
Umschlag, Illustration: Heiko Prodlik-Olbrich
Lektorat: Irene Landin

Verlag: tredition GmbH, Hamburg

ISBN
Paperback: 978-3-7345-5552-7
Hardcover: 978-3-7345-5553-4
e-Book: 978-3-7345-5554-1

Printed in Germany

Morde² - der Inhalt

Der Mord in der Schimperstraße

Da oben an der Decke, direkt über dem Stammtisch, da war der Blutfleck. Und die Leiche, das können Sie mir ruhig glauben, wurde entdeckt, weil sich der Blutfleck gebildet hatte.

Ein Blutfleck? An der Decke? Erzählen Sie doch keinen Unsinn! Der Schrank, in dem die Leiche gefunden wurde, befand sich in einem Zimmer oben unter dem Dach. Wie soll das Blut von da bis ins Erdgeschoss gekommen sein?

Auf jeden Fall gab es eine Leiche. Das bestreitet niemand. Von den zwanziger Jahren bis in die Sechziger hinein habe ich in der Schimperstraße 14 gewohnt, mit direktem Blick aufs „Paradies". Gedichte über das Geschehen gab es viele, zu unterschiedlichen Melodien gesungen. Am bekanntesten war die Version, die auf die Melodie eines richtigen Gassenhauers gesungen wurde, „Eine Seefahrt, die ist lustig." So ging es los:

„In der Schimperstraße 16, in einem Kleiderschrank,
da fand man eine Leiche, die ganz entsetzlich stank."

Die Witwe und die Kinder des Unglücklichen, die angeblich in der Neckarstadt wohnten, sollen unter den Schmähliedern arg gelitten haben. Das können Sie sich bestimmt vorstellen.

Wofür war Mannheim denn in dieser Zeit Deutschland weit bekannt? Raten Sie mal! Für zweierlei: für den SV Waldhof, der damals, lange ist es her, begeisternden Fußball spielte und, richtig, für die Schimperstraße 16.

Im Krieg lag ich als Soldat noch ein Stück hinter Breslau. Das war seinerzeit, das können Sie mir glauben, eine riesige Entfernung. Mannheimern ist man nur selten über den Weg gelaufen. Bei einem Appell bekam mein Spieß mit, dass ich aus Mannheim kam.

„Sind Sie der aus dem Kleiderschrank?", brüllte er laut los.

Der 20. August 1926 ist ein heißer Tag, wie die Tage vorher auch. Um die elfte Morgenstunde staut sich eine mehr und mehr wachsende Menschenmenge an der Haustür, belagert die Gaststube vom „Paradies", drückt sich in die Flure, stürmt die Treppen hoch. Zehn Minuten nach elf trifft die Gerichtskommission ein, Vertreter der Staatsanwaltschaft, Kripobeamte, Schutzmannschaften. Im Nu werden alle Absperrmaßnahmen getroffen. Wie ein Lauffeuer durcheilt die Umgebung ein Wort: Mordverdacht.

Das dienstliche Verhalten Ludwig Pauls sei nur als vollkommen einwandfrei zu bezeichnen. Man sei mit ihm sehr zufrieden gewesen, da er nicht nur sein tägliches Arbeitspensum äußerst gewissenhaft erledigt habe, sondern darüber hinaus sein Interesse für den Bankbetrieb dadurch bekundet habe, dass er verschiedentlich Verbesserungsvorschläge eingebracht habe. Umso entsetzter und erstaunter seien Vorgesetzte und Kollegen über das grausige Ende Pauls gewesen. Man stehe vor einem Rätsel.

Ludwig Pauls Beerdigung fand in aller Stille statt. Selbst von den nächsten Angehörigen war niemand zugegen. Können Sie sich das vorstellen? Als der Bankangestellte sich abends von seiner Frau verabschiedete, hatte er 350 Reichsmark in der Tasche. Von dem Geld fehlt jede Spur.

Es war an einem Abend in einem Café schön,
da traf er seine Liebe und die war wunderschön.
Sie nahm ihn mit aufs Zimmer, das Bett war frisch gemacht,
da dachte er, da dachte er, das wird 'ne tolle Nacht.

Den Eintretenden schlägt auf der Treppe ein entsetzlicher Geruch entgegen. In der unter dem Dach gelegenen Wohnung verdichtet er sich dermaßen, dass man sich die Nase zuhalten muss, keine geringe Anforderung an die Nerven der Beamten, die die Untersuchung zu führen haben. Unter dem Dach wohnt ein bei Benz beschäftigter früherer Werkleiter.

Er hat sein Herz in der Schimperstraß' verloren,
in einer heißen Liebesnacht.
Er war verliebt bis über beide Ohren,
das hat ums Leben ihn gebracht.

Vor 13 Tagen sei eine Frauensperson im Alter von ungefähr 30 Jahren gekommen, habe sich darauf berufen, in einem Schokoladengeschäft in der Nähe gehört zu haben, dass ein Zimmer zu vermieten sei, was zutraf. Sie habe als Beruf Büglerin angegeben, sagte, sie wolle eigentlich in die Pfalz reisen, nach Germersheim, könne sich aber nicht dazu entschließen, da sie keinen Pass habe. Sie habe das Zimmer gemietet, im Voraus bezahlt und sei fünf Tage geblieben. Sie habe gelegentlich den Besuch eines jungen Mannes erhalten, mit dem sie intim befreundet schien. Am sechsten Tag sei sie verschwunden und habe sich nicht mehr blicken lassen. Inzwischen habe es im Zimmer, in der Wohnung, im Haus begonnen zu riechen. Den Nachbarn fiel es nicht so sehr auf, da in einer anderen Wohnung eine alte Frau in einem langen Siechtum lag.

Und als er Abschied nahm von seinem Leben,
beim letzten Kuss, da hat er's klar erkannt,
dass er ihr alles hingegeben.
Dann kam er in den Kleiderschrank.

Die Polizei nimmt an, dass die Frauensperson Ludwig Paul in das Zimmer lockte und wahrscheinlich mithilfe ihres Freundes ermordete. Diesen Freund hat man noch vor ganz kurzer Zeit gesehen, während von der Frau jede Spur fehlt.

Es war an einem Abend, als man die Leiche fand
in der Schimperstraße 16 in einem Kleiderschrank.
Die Tür war fest verschlossen, das Mensch war abgereist.
Da wusste man, da wusste man, was falsche Liebe heißt.

Am 20.8.1926, vormittags etwa um 10 Uhr, wurde in einer Wohnung in der Schimperstraße 16 eine männliche Leiche, die in einem

Kleiderschrank eingeschlossen war, gefunden. Das Zimmer, in dem die Leiche gefunden wurde, war kurze Zeit an eine Frauensperson vermietet gewesen, die seit dem 14.8.1926 flüchtig ist. Die Leiche wurde als die des seit dem 13.8.1926 vermissten, verheirateten Bankbeamten Ludwig Paul, wohnhaft in der Käfertaler Straße, identifiziert. Die Untersuchung ist eingeleitet. Alle Personen, die in der Lage sind, zu dieser Sache Angaben zu machen, werden ersucht, sich bei der Kriminalpolizei, Schloss, linker Flügel, Zimmer Nummer 73 zu melden.

Wir möchten feststellen, dass in dieser Meldung, die in denkbar knappster Form nur das bestätigt, was wir im gestrigen Abendblatt veröffentlicht haben, kein Wort über den Sektionsbefund enthalten ist. Die Sektion hat gestern Nachmittag stattgefunden. Warum wird darüber nichts veröffentlicht? Es dürfte der Sektionsbehörde nicht unbekannt sein, dass über die Todesart verschiedene Gerüchte kursieren.

Nun gab es groß' Getue in der ganzen Nachbarschaft,
und alles reißt die Schnute bis an den Kehlkopfschacht.

Pulsadern aufgeschnitten. Kopf mit braunem Tuch umwickelt. Was für schöne Augen die hatte, die flüchtige Frauensperson Hirnschale zertrümmert. Halsschlagader durchtrennt. Und was für große Hände.

Im August 1926 hatte eine Kellnerin, die im „Paradies" bediente, ihr Zimmer oben in den Gauben. Doch, doch, Kellnerin. Ihr Freund, ein verheirateter Mann, strengte sich beim Liebesakt so an, dass er vom Herzschlag getroffen nackt und bloß dalag. In Panik schob die Kellnerin, doch, doch, Kellnerin, ihn mit dem Kopf voran in den Kleiderschrank, hob seine Beine hoch, schloss Schrank und Zimmer ab und flüchtete. Es war Hochsommer und in dem Mansardenzimmer direkt unter dem Dach dauerte es nicht lange, bis der Leichengeruch ins Haus drang. Der Polizei fiel die nackte Leiche aus dem Schrank entgegen. Die Kellnerin wurde gefasst und unter Mordanklage gestellt, denn sicher konnte ein Kleiderschrank durchaus ein Zufluchtsort sein. Aber wer stellt sich dabei auf den Kopf? Die Polizei ging davon aus, dass Gewalt im Spiel sein musste. Die Frau beteuerte ihre Unschuld, wurde jedoch in Haft behalten. Als dann aber der Herzschlag nachgewiesen war, kam die Kellnerin frei. Ja, ja, Kellnerin. Nein, nein, keine Büglerin auf der Durchreise. Wer hat Ihnen denn diesen Bären aufgebunden? Sie dürfen nicht alles glauben, was man Ihnen erzählt!

Die flüchtige Frauensperson ist geständig. Der Mord steht kurz vor der Aufklärung.

Eine Kellnerin aus der Wirtschaft „Paradies" hatte den verheirateten Bankbeamten mit auf ihr Zimmer genommen und ihm beim Liebesakt im Rausch der Sinne die Hoden durchgebissen. Er verblutete dabei. Sie wusste sich nicht zu helfen, sperrte den Mann in den Kleiderschrank, verschloss die Wohnung und verreiste. Mieter rochen nach einigen Tagen den Gestank und ließen die Wohnung öffnen. Die Frau wurde gefasst. Der Verteidiger sprach von einem bedauerlichen Unfall und plädierte auf Freispruch. Das Gericht sah es anders und verurteilte sie wegen Mordes. Die Kellnerin wurde hingerichtet. Ihr Kopf liegt in der Pathologie in Heidelberg.

Die Press' blamiert sich gründlich mit unhaltbar' Gerücht
doch was kam heraus, er hat 'nen Herzschlag kriecht.

Die Hoden? Aber nein! Das beste Stück hat sie dem armen Kerl abgebissen. Und sie hat sich in der Nähe des Schlosses an einem Baum aufgehängt. Die 350 Reichsmark, die der arme Bankbeamte bei sich hatte, wurden übrigens nie gefunden.

Abgebissen? Wer erzählt denn so was? Abgeschnitten! Mit einem Küchenmesser, so groß. Das hat sie aus der Küche der Wirtschaft mitgehen lassen. Das Messer lag im Schrank, neben der Leiche. Blutverschmiert. Sie bekommen eine Gänsehaut?

Und als man sie dann suchte, am Neckar und am Rhein,
da fand sie sich von selber bei der Staatsanwaltschaft ein.
Sie sagt, wie es gekommen und tat hier alles kund,
doch dem Staatsanwalt, dem war die Sach' zu bunt.

Gespräche über das Geschehen in der Schimperstraße führten die Erwachsenen nur hinter vorgehaltener Hand. Zur damaligen Zeit war die ganze Geschichte, ob jetzt Mord oder Unfall, natürlich eine außerordentlich delikate Angelegenheit. Das können Sie mir glauben. Und es gab nicht wenige Leute, die so taten, als gerate diese sündige Welt nun endgültig aus den Fugen.

Herzschlag? Also, ich weiß nicht. Das hört sich so profan an. Abgeschnittene Hoden. Abgebissener Penis. Das klingt spektakulärer, wenn ich ehrlich bin. Der Blutfleck an der Decke des „Paradieses", das muss ich gestehen, dieser Blutfleck, der hat es mir angetan. Sie wussten nicht, dass in den Räumen der Gaststätte „Paradies" heute die „Osteria Limoni" beherbergt ist? Wenn ich in der Gaststube sitze, den trockenen Landwein genieße und auf das Essen warte, dann bilde ich mir ein, in der Ecke oben an der Decke den Blutfleck noch zu sehen, ganz blass zwar, das gebe ich zu. Aber mit etwas Fantasie ist er noch zu erkennen, der Blutfleck.

Morgen wird nicht

Sie könnte das Wort Volksschädlingsverordnung schreiben. Ich könnte sie auch anders anfangen lassen.

„Mein Sohn, du sollst wissen, dass ich Hals über Kopf verliebt war. Dass ich so jung, der Mann so charmant war. Dass ich schwanger wurde. Dass ich durch ihn ins Milieu geriet. Dass ich viel zu spät aufwachte. Dass ich mich von deinem Vater getrennt habe. Dass er ein Zuhälter ist. Dass du ohne Vater und ohne Mutter aufwachsen wirst."

Es geht auf Mitternacht zu. Sie hat nicht viel Zeit. Sie könnte ihrem Sohn von der Gutemannstraße in Mannheim erzählen. Ich könnte hinzufügen, dass der Name sich geändert hat, dass sie heute Lupinenstraße heißt, dass das Gewerbe das gleiche geblieben ist. Rita, das ist die Mutter, die ich den Abschiedsbrief schreiben lasse, betreibt mit ihrer Freundin Hedwig ein Bordell. Fünf Frauen arbeiten für sie. Sie könnte von den Schikanen der Behörden erzählen, sie würde berichten, dass sie zweimal wöchentlich zum Abstrich auf Geschlechtskrankheiten einbestellt wurde. Sie würde vom Ausgegrenztsein erzählen.

„Mein Sohn, du sollst wissen, dass ich Spiel- und Sportplätze und Grünanlagen nicht betreten durfte, dass Theater und Lichtspielhäuser verboten waren, Gaststätten, Cafés."

Der Zeiger der Uhr nähert sich der Zwölf. Gleich fängt der neue Tag an. Sie könnte mit der Bombennacht Mitte April anfangen. Dass sie die Nacht im Luftschutzbunker verbringen musste. Dass viele Häuser in der Gutemannstraße brannten. Dass eine Bombe in die Nummer 14 einschlug, das ist das Haus von Rita und Hedwig. Dass die Schäden zum Glück nicht so schlimm waren. Dass es das Nachbarhaus schlimmer erwischt hatte. Dass nur noch die Grundmauern standen.

„Am Morgen kamen zwei Männer. Ich kannte die beiden. Sie arbeiteten für den Besitzer des Nachbarhauses, der auch ein Bordell betrieb. Die zwei Helfer gingen in den noch brennenden Keller und packten einige Körbe voll mit Spirituosen und Wein. Sie hielten sich nicht lange im Keller auf.

‚Einsturzgefahr, das ist uns zu gefährlich', sagte der eine. Der andere stellte vier Flaschen Wein auf den Küchentisch. Alle unsere Frauen waren da. Ich feierte meinen dreißigsten Geburtstag. Jetzt weiß ich, dass es mein letztes Geburtstagsfest war. Wir öffneten die Flaschen. Die Stimmung war ausgelassen. Für kurze Zeit vergaßen wir sogar die Tiefflieger."

Der Zeiger hat die Zwölf überschritten, der neue Tag hat angefangen. Den Sonnenaufgang wird Rita nicht mehr erleben. Sie muss Abschied nehmen von ihrem Sohn. Wie gerne hätte sie ihn noch einmal bei sich gehabt. Die Zeit drängt. Sie muss weitererzählen.

„Am Nachmittag stieg ich mit Hedwig in unseren Keller hinunter. Wir wollten uns die Schäden anschauen. In der Mauer zum Nachbarkeller war ein großes Loch. Zwischen der Glut fanden wir Weinflaschen, Lebensmittel und Präservative. Wir dachten uns nichts dabei, als wir mitnahmen, was wir tragen konnten."

Sechs der Weinflaschen werden bei der Verhaftung von Rita und Hedwig noch ungeöffnet in der Ecke der Küche gefunden. Die Präservative, die sie an ihre Frauen verteilt haben, sind zum Zeitpunkt der Verhaftung längst aufgebraucht.

Der Zeiger der Uhr nähert sich der Zwei. Rita bleiben noch drei Stunden und einige Minuten.

Erst im August, vier Monate nach der Bombennacht, erstattet der Nachbar Anzeige. Er beklagt sich, dass es bitter und hart genug sei, wenn man bei einem solchen Unglück Hab und Gut im Wert von über 90 000 Reichsmark verliere. Um so mehr habe es ihn getroffen, dass er von solchen Parasiten auch noch um das Letzte beraubt worden sei. Rita könnte erzählen, wie sie und Hedwig am 7. August verhaftet und in Einzelhaft gesperrt werden.

„Mein Sohn, geht es dir gut? Was erzählen sie über mich? Gerne hätte ich dich noch einmal gesehen. Ich habe höflich angefragt, ob ich Besuch empfangen dürfe. Es wurde abgelehnt. Wir hätten es zusammen geschafft."

Rita könnte von den endlosen Verhören erzählen, von den Schlägen, die ihr Gesicht entstellten, vom Prozess im November, der nur zwei Stunden dauerte, von den beiden Helfern, die, anfangs selbst angeklagt, nun als Kronzeugen auftraten, vom Staatsanwalt, der vorrechnete, dass drei Präservative achtzig Pfennige kosteten, die gestohlene Menge einen Wert von 150 Reichsmark habe, das sei keine Bagatelle.

Kurz nach vier klopft es an der Zellentür. Es ist der Priester. Rita will ihn nicht sehen. Der Priester schlägt ein Kreuz über dem Guckloch und ärgert sich, dass er mitten in der Nacht aufstehen musste. Wegen dieser Dirne. Rita könnte vom Richter erzählen, der sie und Hedwig wegen Plünderei nach Paragraf eins der Volksschädlingsverordnung zum Tode verurteilt wegen zweier Großpackungen Präservativen, sechs bis acht Pfund Zwiebeln, zwei Dosen Gurken, zehn bis fünfzehn Flaschen Wein. Rita könnte aus der Urteilsbegründung zitieren. Dass, wer sich an Hab und Gut der geschädigten Volksgenossen vergehe, sich außerhalb der Volksgemeinschaft stelle. Dass nicht umsonst in Mannheim überall Plakate angebracht seien mit der Aufschrift „Plünderer werden mit dem Tode bestraft". Sie könnte vom Antrag des Staatsanwaltes berichten. Dass das Weihnachtsfest bevorstehe, dass eine öffentliche Bekanntmachung durch Maueranschlag, doppelt auffällig in den Trümmern der Stadt, wenig wünschenswert sei und bis nach dem Fest zurückgestellt werden sollte. Ich könnte hinzufügen, dass Ritas Sohn kein Grab wird besuchen können. Dass die Leichen von Rita und Hedwig der Anatomie in Heidelberg übergeben werden. Dass Ritas Schwester nur die Kleider der Hingerichteten ausgehändigt bekommt. Ich könnte hinzufügen, dass der Richter nach dem Krieg seine Pension bezieht, dass der Staatsanwalt Karriere als Landgerichtsdirektor macht. Rita könnte von der Angst erzählen, der Angst vor dem einen Augenblick.

Es ist halb fünf. Gleich werden sie Rita holen. Um Viertel vor fünf wird sich der Henker vom ordnungsgemäßen Zustand des Hinrichtungsgerätes überzeugen. Um fünf werden Rita die Haare abgeschnitten, ihr Nacken wird ausrasiert. Um zehn nach fünf wird sie in den Innenhof geführt. Um elf nach fünf wird sie festgeschnallt. Um zwölf nach fünf fällt das Beil. Der anwesende Arzt bescheinigt die Todeszeit. Unmittelbar danach wird Hedwig festgeschnallt.

Ich führe Ritas Hand. Die Hand zittert. Als sie den ersten Buchstaben schreibt, lässt das Zittern nach.

„Mein Sohn, ich vermisse dich", schreibt Rita auf das Blatt. Es ist der 22. Dezember 1943. Auf dem Gang höre ich Schritte.

Willem

Am Samstagmorgen muss Willem kehren. Dabei kann er kaum noch gehen. Er wackelt hin und her, humpelt den Hof auf und ab, hält sich am Besen fest. Leo, der Student, der im Erdgeschoss wohnt, kann den Willem so wunderbar nachäffen. Der Hof ist groß und Willem hat viel Arbeit. Willem macht gern eine Pause. Er verdrückt sich in einen stillen Winkel, fingert einen Zigarettenstummel aus seiner Tasche, steckt ihn an, zieht gierig und schnell.

Am Samstagmorgen im Hinterhof. Die dicke, rote Katze, die sich auf dem Schuppendach in der Oktobersonne wälzt. Leo, der hinter der Gardine auf seinen Auftritt wartet. Willem mit dem Zigarettenstummel, der darauf spannt, dass Pauline, seine Frau, ihn antreibt.
„Willem, schaff weiter!"
Willem brummelt was vor sich hin.
„Ich mach dir Beine!"
Willem winkt ab.
„Muss ich runterkommen, du fauler Bock?"
Willem kehrt weiter. Die Katze gähnt.
Leo hinter der Gardine ruft: „Paulina, Paulina."
Pauline knallt das Fenster zu. Leo winkt dem Alten.

Eingefallene Wangen, stoppliges Kinn, zahnloser Mund, strähnige, graugelbe Haare, ängstliche Augen in viel zu großen Augenhöhlen, ein schäbiges, verwaschenes Hemd, lange, an den Knien ausgebeulte Unterhosen, die vorne am Pissschlitz einen braunen Fleck hatten, der an Intensität zunahm, je näher er am Zentrum lag. So stand Willem vor einigen Monaten an der Haustür, als Leo einzog und der Makler die Schlüssel für die Wohnung im Erdgeschoss verlangte. Der Alte schlurfte nach oben. Es dauerte eine Ewigkeit, bis er zurückkam.
„Beim alten Willem funktioniert so manches nicht mehr. Dauerpisser."
Der Makler zuckte mit der Schulter.

Willem humpelt aufgeregt zum Fenster. Leo hält ihm ein Glas Schnaps hin. Willem schaut Leo dankbar an und trinkt in einem Zug aus.

„Noch einen?"

Willem nickt.

„Auch eine Zigarette?"

Willems Augen leuchten. Eine ganze Zigarette. Willem verschwindet mit der Zigarette ins hintere Treppenhaus.

„Willem, schaff weiter!"

Willem steckt die Zigarette an.

„Elendiger, fauler Bock!"

Willem zieht an der Zigarette.

„Na warte!"

Willem zieht genüsslich an der Zigarette.

„Ja, ja, die hält ihn kurz, den armen Willem. Nur wenn sie ihren Besuch erwartet, kriegt der Willem eine Flasche Bier mit zwei, drei Schlaftabletten drin, damit er nicht stört. Vor zwei Jahren hätte sie ihn beinahe losgekriegt. Da wurde der Willem nach Wiesloch ins Irrenhaus eingeliefert. Aber nach vier Wochen war er wieder da."

Herr Schmidt kennt sich hier aus. Herr Schmidt ist Rentner. Seit einer Ewigkeit wohnt er mit seiner Frau im ersten Stock im Hinterhaus.

„Ich mach dir Beine!"

Das Fenster knallt mit einem Scheppern zu. Pauline stürzt aus dem Haus. Die weißen Haare zu Löckchen aufgedreht. Die Wangen zartrosa gepudert. Die Lippen dick und knallrot angemalt. Pauline reißt Willem die Zigarette aus dem Mund, zerdrückt sie, wirft sie auf den Boden, trampelt darauf herum. Mit dem Besenstiel schlägt sie auf Willem ein.

„Da, da und noch eine. Ist das genug, du alter Bock?"

Willem hält seine Arme schützend vor den Kopf und stößt unverständliche Laute aus.

Letzte Woche das Foto in der Zeitung auf der Lokalseite. Paulines Blick streng und unnahbar. Willem, gründlich rasiert, an seine Frau gelehnt, das Gesicht zu einem Lächeln verzogen.

Jubiläumstag für Pauline und Wilhelm Krüger. Goldene Hochzeit in der Schröderstraße in Heidelberg-Neuenheim. Das Paar lebt seit 50 Jahren glücklich zusammen. Freude und Leid wurden auch in schwerer Zeit gemeinsam getragen.

„Ja, ja, der hat es nicht leicht, der arme Willem. Den hätten sie früher mal erleben sollen. Wie der damals im Hof rumstolziert ist. Spiegelblanke Stiefel, schwarze Uniform, das Koppelschloss mit dem Totenkopf am Gürtel, im Mund eine Zigarre. So marschierte der im Hof auf und ab. Auf und ab. Jeden Tag. Und das ganze Haus zitterte vor ihm. In den letzten Kriegstagen soll er den Becker aus dem Hinterhaus, Sozi mit Leib und Seele, mit vorgehaltener Pistole abgeführt haben. Meine Nachbarin, schon lange verstorben, hat geschworen, dass sie das mit eigenen Augen gesehen hat. Der Becker ist erst mal spurlos verschwunden. Wochen später hat man seine Leiche gefunden hinterm Wehrsteg im Gebüsch beim alten Trafohäuschen. Der Becker soll beim Einmarsch der amerikanischen Truppen am 30. März 1945 ums Leben gekommen sein. Das war die offizielle Version. Aber unter der Hand wurde gemunkelt, dass der Willem was damit zu tun hatte. Aber es war ihm nichts nachzuweisen. Nach dem Krieg kam der Willem ins Gefängnis, ein gutes halbes Jahr, dann war er entnazifiziert, wie das so schön hieß damals."

Herr Schmidt ist gesprächig. Er wohnt schon lange hier.

Leo steht immer noch hinter der Gardine.

„Paulina. Paulina."

Pauline lässt den Besen fallen. Wie eine Furie stürzt sie aus dem Treppenhaus. Vor Leos Fenster bleibt sie stehen. Sie droht mit der Faust, die Lippen zu einem Strich zusammengekniffen. Hinter Pauline fällt die Tür ins Schloss.

Die Katze streckt sich auf dem Schuppendach, schärft ihre Krallen an der Dachpappe, macht einen Riesenbuckel, sträubt die Haare und rollt sich zusammen.

Willem hebt vorsichtig den Kopf. Auf den Knien sucht er die Reste der Zigarette zusammen und verstaut sie in der Jackentasche. Er rappelt sich hoch, hebt den Besen auf und murmelt: „Paulina, Paulina", lacht und kehrt, auf und ab. Pauline öffnet das Fenster, sieht Willem kehren und zischt: „Na also!"

Wassertreten

Montag

Nicht überhitzt ins Becken. Sie sollten die beiden Jogger mal beobachten. Die kommen fast jeden Abend hier vorbei. Verschwitzt, hochrote Köpfe, japsen nach Luft. Schuhe aus, Strümpfe aus, Trainingshosen hochgekrempelt, rein ins Wasser. Das wird noch mal böse enden. Die Zwei da vorne. Könnten ihren Hund so langsam mal anleinen. Freilaufende Hunde sind hier verboten. Die pinkeln doch überall hin. Wissen die das nicht? „Denk an deinen Urgroßvater", sagte meine Großmutter immer. „Den hat im Kneippbecken der Schlag getroffen". Nicht überhitzt ins Wasser. Da steht ein Verbotsschild. Können die nicht lesen.

Sachen gibt's. Setzt unser Nachbar seinen alten BMW rückwärts aus der Einfahrt, zu viel Gas gegeben, zu früh eingeschlagen, auf unseren Audi geknallt. Hinterer Kotflügel. Das Gewitter heute früh. Der Regen hat die Sicht behindert. Aber als Entschuldigung lasse ich das nicht gelten. Uns trifft keine Schuld. Unser Wagen war ordnungsgemäß geparkt. Der Nachbar klingelt, entschuldigt sich, verspricht, für den Schaden aufzukommen. Druckst dann so herum. Einige Schäden in der Vergangenheit. Höherstufung. Teure Haftpflichtversicherung. Ich denke noch, was geht mich das an. Sein Dackel. Der könnte doch schuld an dem Unfall sein. Die Haustür habe aufgestanden. Der Hund sei ihm vor die Räder gelaufen. Hauptsache, die Sache wird anständig reguliert. Gesehen habe ich ja nichts.

Hast du das neulich gelesen. Von der Hand im Kneippbecken. Die war in einer weißen Plastiktüte, die im Wasser schwamm. Irgendwo in Norddeutschland. Makaber. Fragt sich nur, wo die Leiche zu der Hand geblieben ist. Ja, ja, die Polizei. Es kommt immer häufiger vor, dass Straftaten nicht aufgeklärt werden.

Meine Füße sind eiskalt. Wie können Sie nur so einfach hineingehen. Fördert die Durchblutung? Das Wasser ist doch so kalt. Katastrophal, so was von kalt. Aber sauber ist es. Und erfrischend. Wenn man erst mal drin ist. Fördert die Durchblutung!

Erinnern Sie sich noch an die nette junge Familie, die letztes Jahr öfter hier war? Die aus Feudenheim. Ringstraße. Das Mädchen mit dem Pferdeschwanz. Die Frau mit den blonden, langen Haaren. Der Mann mit dem vernarbten Gesicht. Die junge Frau hat gestern Abend mit meiner Frau gesprochen. Ihr Mann will sich von ihr trennen. Ich konnte es gar nicht glauben, als meine Frau es mir beim Abendessen erzählte. Dieses Jahr habe ich sie hier noch nicht gesehen.

Wenn ich so durch das Wasser schreite, kommen mir immer die besten Einfälle. Nirgendwo kann ich so nachdenken. Die Ideen, die Formulierungen fliegen mir einfach so zu. Was halten Sie davon: Ende September. Es dämmert schon. Kommt einer am Abend ans Kneippbecken. Gerade will er einen Fuß vorsichtig ins kühle Nass strecken, da entdeckt er die Leiche. Eine Leiche, die auf dem Gesicht nach unten in der Mitte des Kneippbeckens treibt. Das ist doch ein Anfang. Die besten Einfälle kommen mir im Wasser.

Heute waren wir nicht gut drauf. Neunundzwanzig Minuten. Schlechte Zeit. Was gibt es Schöneres, als durch das Wasser zu waten. Wunderbar, dass es so was Schönes hier im Käfertaler Wald gibt. Nur nach dem Laufen der kalte Schweiß auf meinem Rücken, der lässt mich frösteln. Nach dem Kneippen fühle ich mich richtig erholt. Der Kopf wird wieder klar. Die Ruhe im Wald. Ein Stückchen Urlaub jeden Tag. Meine Schuhe muss ich noch anziehen. Man sieht sich. Und tschüss.

Dienstag
Treten und treten, und eins und zwei, treten, nicht schlurfen. Und eins und zwei, eins und zwei. Passen Sie auf, dass Ihre Hosen nicht nass werden. Kalt? Abhärtung ist mein zweiter Vorname. Und treten, treten, eins und zwei. Hunde haben hier nichts zu suchen. Nicht überhitzt ins Becken. „Denk an deinen Großvater", sag-

te meine Mutter immer. Sind Sie blind? Hier ist doch das Schild! Für Hunde verboten! „Den hat im Kneippbecken der Schlag getroffen." Zum Herzen hin abtrocknen. Einseitig zum Herzen hin. So ist es richtig.

Sie kennen doch Frau Schober aus der Feldstraße. Die wird auch immer komischer. Ich pflücke Johannisbeeren, denke an nichts Böses, da steht sie hinterm Zaun, winkt mir, ich solle näherkommen, flüstert, ich kann kaum ein Wort verstehen. „So reden Sie doch bitte etwas lauter", sage ich zu ihr. „Geht nicht", antwortet sie einen winzigen Tick lauter, „man kann uns belauschen." Ihre Nachbarn seien heute Nacht in ihren Garten eingestiegen und hätten einen großen Ast aus ihrer Tanne gesägt hätten. Freier Blick auf die Feldstraße. Der Ast sei im Weg gewesen. „Ach so", bringe ich heraus. „Und meinen Besen", fährt sie fort, „den verstecken sie auch. Gerade gestern. Böse Leute sind das." Ich habe gemacht, dass ich ins Haus gekommen bin. Hoffentlich werde ich nicht so im Alter. Vielleicht beugt das Kneippen ja ein wenig vor. Das kalte Wasser soll die Durchblutung fördern.

Sachen gibt's. Unser Nachbar mit dem alten BMW hält mir einen Fragebogen von der Versicherung unter die Nase. Ich sollte angeben, dass ich am Steuer gesessen hätte, dass ich dem Dackel ausgewichen sei, dass ich an einen Baum geknallt sei. Ich sage: „Wenn Ihnen nichts Besseres einfällt, hier ist die Tür." Was soll ich denn den Quatsch unterschreiben. Das kommt doch alles raus. Und was habe ich davon?

Die nette junge Familie. In Feudenheim in der Ringstraße haben sie ein Häuschen. Und weil sie das umbauen wollen, lädt der Mann eine Architektin ein. Die hat er kennengelernt, als er ihr Auto lackierte. Zum Sonderpreis. Dafür soll die Architektin ihm die Umbaupläne günstig erstellen. Sie besichtigt das Häuschen, misst aus, fertigt Skizzen. Die Ehefrau arbeitet Spätschicht. Die Pläne sind fertig. Heute ist er ausgezogen.

Wenn ich so durchs Wasser schreite, kommen mir immer die

besten Einfälle. Die Leiche, die auf dem Bauch liegend in der Mitte des Kneippbeckens treibt. Erst will unser Held Reißaus nehmen, dann überwindet er seinen Ekel, setzt seinen Fuß vorsichtig ins Becken, nähert sich auf Zehenspitzen der Leiche. Er packt den Toten an der Schulter, zieht leicht. Es geht ganz einfach. Die Leiche macht eine ganze Drehung um die eigene Achse. Und unser Held schaut seinem Nachbarn ins Gesicht. Die Leiche im Kneippbecken ist der Nachbar. Und mit diesem Nachbarn hat er gerade gestern einen Riesenkrach gehabt. Das Übliche, die Rosen wachsen über den Zaun, unser Held greift zur Schere, es gibt einen Wortwechsel, unser Held verliert die Fassung, schreit los, pass auf, wenn ich dir an die Gurgel gehe. Ein scharfer Staatsanwalt könnte das als Morddrohung auslegen. Ich allein mit meinem Nachbarn im Kneippbecken, und der ist tot. Der liegt hier nur mausetot im Becken herum, weil er mich in die Bredouille bringen will.

Dieses Jahr haben die sich aber wirklich Zeit gelassen. Mein Mann wollte schon bei der Stadtverwaltung anrufen und sich beschweren. Aber jetzt ist das Becken neu gestrichen. Wunderschön. Eine Oase der Erholung. Und alles kostenlos. Wo gibt es so was noch heutzutage.

Schon sechs Runden geschafft. Mir doch egal, dass du nicht mitmachst. Ich bin trotzdem Sieger. Nach dem Kneippen fühle ich mich so richtig erholt. Wie Urlaub. Und das jeden Tag. Jetzt ist aber Schluss. Man sieht sich. Und tschüss.

Mittwoch
Frau Schober aus der Feldstraße. Die wird immer komischer. Gestern hat sie mich wieder an den Gartenzaun gerufen. Hat ganz laut auf mich eingeredet. „Der soll mich ruhig hören", hat sie gemeint. Ich wusste anfangs gar nicht, wen sie meint. Es ging um Harry, ihren Nachbarn zur Linken. Der, so Frau Schober, klettere nachts über ihren Zaun, streue Gift auf ihre Rosen, schneide Blumen ab. „Und, Sie werden es nicht glauben, er hat ein kleines Säckchen umhängen, im dem sich Unkrautsamen befindet. Diesen Un-

krautsamen verstreut der Kerl in meinem Garten." Sie wisse nicht mehr ein noch aus. Ich wusste auch nicht weiter. Zum Glück klingelte gerade mein Telefon.

Anton, gehst du noch einmal hinein? Das Wasser kann man doch trinken? Ein Mal noch? Einen wunderschönen Swimmingpool haben wir. Ruhige Lage in der Gartenstadt. Nur auf dem Nachbargrundstück stehen viele Laubbäume, unter anderem auch Birken. Und die Samen zurzeit. Auf unserem Swimmingpool schwimmt eine ganze Schicht Birkensamen. Muss ich das dulden? Kann ich vom Nachbarn wenigstens in der Zeit der Hauptbelästigung verlangen, dass er die Reinigungsarbeiten in unserem Pool übernimmt?

Schon zehn Minuten! Als Anfänger! Das gibt einen neuen Rekord. Soll ich den Termin morgen sausen lassen? Warum haben die uns bloß durchfallen lassen? Holzverarbeitung war ja okay. Aber bei Stich- und Kettensäge, da hat's mich beides mal gebeutelt. Morgen ins Schwimmbad oder nach Schriesheim? Kettensäge, dass ich gerade da durchrasseln musste. Weißt du, woran ich bei der Prüfung gedacht habe? Nicht ans Bäume durchsägen. Ans Zerschnippeln von Leichenteilen habe ich die ganze Zeit gedacht. 16 Minuten! Neuer Rekord. Gestern zwölf, heute 16. Als Anfänger! Morgen Abend können wir ja wiederkommen.

In einem Tresor, der in einem Waldstück vergraben war, wurde ein Kopf gefunden. Vielleicht gehört der Kopf zu der Hand aus dem Kneippbecken. Wer weiß.

Junge Frau, Sie dürfen auf keinen Fall überhitzt ins Becken. Das könnte ins Auge gehen. „Denk an deinen Onkel", sagte meine Cousine immer. „Den hat im Kneippbecken der Schlag getroffen". Also, nicht erhitzt ins Wasser.

Heute ging's wirklich besser. Knapp unter 28 Minuten. Durchschnittliche Leistung. Nach dem Tief der letzten Tage lässt die Zeit hoffen. Warum gehen eigentlich alle immer so herum? Ich gehe jetzt mal anders herum.

Wenn ich so durchs Wasser schreite, kommen mir immer die besten Einfälle. Wohin mit der Leiche? Zufällig hat unser Held eine Kettensäge im Auto. Die holt er. Inzwischen ist es schon fast dunkel. Wenn ich den Nachbar bis zur Unkenntlichkeit zerschnippele, wird ihn niemand mehr identifizieren können. Und niemand bringt den Mord mit mir in Verbindung. Als er mit seiner Arbeit zu Ende ist, ist es stockdunkel. Er knipst die Taschenlampe an. Er hat ganze Arbeit geleistet. Das Wasser ist blutrot gefärbt. Wie Gulaschstückchen treiben die Überreste des Nachbarn im Becken. Der wird mich nicht mehr zur Weißglut treiben. Der nicht. Aber dahinten im Gebüsch, war da nicht was? Mit eingeschalteter Kettensäge marschiert er langsam auf das Gebüsch zu.

Wie dreckig das Wasser ist. Die könnten auch langsam mal das Becken säubern. Was da alles drin schwimmt. Aber trotzdem noch erfrischend, unwahrscheinlich erfrischend. Aber kalt. Und dreckig.
Nur raffen, gieren, immer mehr Geld. Das Menschliche bleibt auf der Strecke. Ich habe Unsummen von Geld verdient. Was ist mir geblieben? Super, toll, das Wasser einfach super. Was Sie auf keinen Fall machen dürfen: erst Fußkneippen und gleich danach Armkneippen. Das ist absolut tödlich. Gut angewandt ist das Kneippen einfach super, toll. Jeden Abend so gegen halb neun. Geld, Geld, Geld, die Menschlichkeit bleibt auf der Strecke. Bis morgen Abend um halb neun. Man sieht sich. Und tschüss.

Donnerstag
Gestern hingen ein T-Shirt, olivgrün, ziemlich zerschlissen, und eine Männerunterhose, Feinripp, mindestens Größe acht, über der Bank da hinten. Mein Mann legt seine alten Socken dazu. Die wollte er sowieso wegwerfen. Ich sage zu ihm, aber Walter, das kannst du doch nicht machen. Er hat mich nur ausgelacht. Und vorne im Gebüsch lag ein Paar Damenslipper, weißes Leder, ziemlich verlatscht.

Kannst du mir mal das Handtuch geben? Das Handtuch, bitte. Immer trocknest du dich zuerst ab. Das nächste Mal will ich ein eigenes Handtuch haben.

Sachen gibt's. Unser Nachbar mit seinem Schwager. Der sollte bezeugen, dass er mit seinem eigenen Auto gefahren sei, dass ihm der Dackel vor die Räder gelaufen sei. Ich denke, der spinnt doch. Der Wagen des Schwagers hat doch keinen Kratzer abbekommen. Das glaubt doch keiner. Unser Nachbar gibt kleinlaut zu, ja, das sei die Schwachstelle. Aber er arbeite daran. Von wegen dran arbeiten. Die Schnauze hab ich voll, gestrichen voll. Wenn das so weitergeht, ist unser Auto am Sankt Nimmerleinstag noch nicht repariert. Morgen rufe ich bei seiner Versicherung an.

Junger Mann, davon würde ich Ihnen abraten. Nicht überhitzt ins Becken. Das könnte gefährlich werden. „Denk an deinen Patenonkel", sagte meine Großtante immer. Soll ich Ihnen helfen? „Den hat beim Wassertreten der Schlag getroffen." Also wissen Sie, ich will mich ja nicht aufregen. Aber das Schild ist doch groß genug. Ist es denn so schwer, sich an die Ordnung zu halten. Hunde haben hier nichts zu suchen. Wenigstens anleinen könnten die ihren Köter.

Frau Schober aus der Feldstraße hat mich schon wieder an den Gartenzaun gerufen. Ihre Schwester aus dem Schwarzwald hat sie zusammen mit der Tochter besucht. Mit einem Schraubenzieher hätten sie die Türrahmen zerkratzt. Und im Bad hätten die beiden mit dem Schraubendreher die Fugen ausgekratzt. Einige Fliesen seien schon ganz locker. „Die sind nur auf mein Geld aus", behauptet sie steif und fest.

Wenn ich so durchs Wasser schreite, kommen mir immer die besten Einfälle. Vielleicht war die Kettensäge ein wenig unrealistisch. Der braucht doch gar keine komplette Leiche zu finden. Eine

Plastiktüte schwimmt im Becken. Ahnungslos packt er sie an, will sie am Rand ablegen und nach dem Kneippgang im Papierkorb entsorgen. Eine Frauenhand streckt ihm die Hand entgegen. Toller Einfall! Und makaber, nicht wahr.

Das Menschliche bleibt auf der Strecke. Ich kann ein Lied davon singen. Super, das Wasser. Außendienst. 15 000.- netto, Monat für Monat, Urlaubsgeld, Weihnachtsgeld. Dafür habe ich mich verkauft. Einfach super. Keine Zeit mehr für die Familie. Alles futsch Also direkt nach dem Fußkneippen würde ich Ihnen von einem Armgang abraten. Das ist ungesund. Auf einmal habe ich viel Zeit, um über mein Leben nachzudenken. Ja, bis morgen, so gegen halb neun, wie immer. Man sieht sich. Bis dann.

Freitag

Meine Beine kamen mir heute wie Pudding vor. Kraft- und saftlos. Unmögliche Zeit. Weit über dreißig Minuten. Was soll das: Ich mit meiner Rekordsucht? Aber vielleicht hast du recht. Nicht jeder Tag ist gleich. Nach dem Kneippen fühle ich mich richtig erholt. Der Kopf wird wieder klar. Ein Stückchen Urlaub jeden Tag. Nur der kalte Schweiß auf meinem Rücken.

Der Alte vorhin hatte nicht alle Tassen im Schrank. Kommt klingelnd hier angeradelt. Fährt einige Male um das Becken. Klingelt lang und anhaltend und radelt Richtung Karlsstern davon. Den Radfahrer habe ich schon öfter hier gesehen. Das soll lustig sein?? Na, ja, zugegeben, ein gewisser Unterhaltungswert kann nicht abgesprochen werden.

Aber hallo! Wie unvernünftig doch manche Leute sind. Total überhitzt. Gesicht rot angelaufen. Und rein ins Wasser. „Denk an deinen falschen Onkel", sagte meine Urgroßmutter immer. „Den hat der Schlag im Kneippbecken getroffen."

Das ist heute aber kalt. Wo es doch den ganzen Tag so heiß war. Ich habe mein Handtuch vergessen. Normalerweise mache ich vier

Durchgänge mit jeweils drei Runden. Wenn das Wasser relativ warm ist, gehen auch fünf oder sechs Runden. Aber heute, zwei Runden und Schluss.

Wenn ich so durch das Wasser wate, kommen mir immer die besten Einfälle. Die Frauenhand in der Plastiktüte. Wo ist die Leiche? An der Hand ist ein Ring. Weißgold. Im Ring war ein Datum eingraviert. Die Mann versucht, über das Standesamtsregister die Identität zu klären.

Frau Schober aus der Feldstraße. Heute Morgen gab es doch den kurzen Regenschauer. Nach all der Hitze in den letzten Tagen war das wie eine Erlösung. Frau Schober stand im Garten, auf dem Kopf ein Regenschutz aus durchsichtigem Plastik, in der Hand den Gartenschlauch. Mitten im Regen. Es war ganz unmöglich, mit der Frau zu reden. Ich ginge ihr auf die Nerven mit meinem Gerede. Ich habe sie einfach am Gartenzaun stehen lassen. Manche Leute, ich weiß nicht.

Wenn Füße und Beine in der Luft getrocknet sind, dann können Sie sich ans Armkneippen heranwagen. Durch das kalte Wasser ziehen sich die Venen in den Beinen zusammen. Das Blut strömt in den oberen Teil des Körpers. Kommt sofort danach der Armgang, wird das Blut wieder nach unten gedrückt. Jemand mit schwachem Kreislauf steht das nicht durch. Immer nur eine Anwendung. Entweder die Füße oder die Arme. Jeder, der etwas davon versteht, wird Ihnen das bestätigen.

Hallihallo, ah, das geht runter wie Salatöl. Herrlich. Die Füße im Wasser baumeln lassen, eine Zigarette in der Hand, ein Hefeweizen griffbereit, mein kleines Radio, was braucht der Mensch mehr. Das ist das Leben. Passen Sie auf, dass Sie nicht auf das Kaugummi treten. Life is life. Man sieht sich. Und tschüss.

Samstag

Wissen Sie, was Frau Münch aus dem zweiten Stock passiert ist? Ihr Vater, der bei ihr lebt, rutscht in der Badewanne aus, stößt mit seinem Fuß an den Heißwasserhahn, das kochend heiße Wasser läuft ihm voll über, Sie wissen schon. Eine Zeitlang liegt er hilflos in der Wanne, das heiße Wasser läuft und läuft mitten auf, Sie wissen schon. Endlich findet ihn Frau Meier, dreht das Wasser ab, ruft den Notarzt. Der weist den Vater von Frau Meier sofort in die Unfallklinik nach Oggersheim, da wurde der Niki Lauda auch behandelt, nur der hatte Verbrennungen an anderen Stellen.

Der Kopf im Tresor hatte eine Schusswunde. Und es wurden zwei Hände gefunden. Ein Zusammenhang mit dem Fund im Kneippbecken ist ausgeschlossen. War ja auch nur eine Vermutung.

Die Drei habe ich vor einigen Tagen schon mal gesehen. Schlendern an der Kneippanlage vorbei, verschwinden in der Schutzhütte da hinten. Nach zehn Minuten gehen sie wieder zurück zu ihrem Auto. Zwei von denen sind Schwarze, früher durfte man ja noch Neger sagen, aber da regt sich meine Tochter auf. Ich dachte ja, die sind vorne in der Ami-Kaserne stationiert. Aber das Autokennzeichen kenne ich nicht. Die sind nicht von hier. Wirklich seltsam. Sind Ihnen die beiden dicken Frauen schon einmal aufgefallen. Die, die gerade im Moment eine Runde nach der anderen durch das Kneippbecken drehen. Eine Runde nach der anderen. Die beiden haben, seit sie vor gut einer Viertelstunde gekommen sind, noch kein Wort geredet. Ist Ihnen das nicht aufgefallen? Seltsam, seltsam.

Geld, Geld, Geld. Das Menschliche bleibt auf der Strecke. Wassertreten und gleich darauf Armanwendung, auf keinen Fall. Das ist ungesund. Jetzt habe ich Zeit. Hätte ich doch noch eine Chance.

Die nette junge Familie. Gestern wurde das Häuschen in der Ringstraße in Feudenheim in der Zeitung zum Verkauf angeboten.

Jetzt, wo die Hypothek bald abgezahlt ist. Die Umbaupläne können sie gleich mitverkaufen.

„Denk an den Kirchendiener von Sankt Laurentius", sagte meine Patentante immer.

Hat den im Kneippbecken der Schlag getroffen?

Meinst du nicht, dass wir uns beim nächsten Mal ein frisches Handtuch einpacken sollten?

Frau Schober aus der Feldstraße. Rief mich heute nicht an den Gartenzaun. Sie lief laut schreiend durch den Garten. „Ich muss die Polizei holen. Warum können die mich nicht in Frieden lassen. Ich habe doch in meinem ganzen Leben niemand etwas getan. Warum kann ich nicht in Ruhe und Frieden hier leben?" Sie müsse auf der Stelle die Polizei holen. Der Straßenbesen sei über Nacht gestohlen worden. Und auch der Rechen sei verschwunden. Nur die Polizei könne ihr helfen.

Unser Dichter lässt sich heute gar nicht blicken. Der ist sonst jeden Tag hier. Irgendwie fehlt heute was. Man sieht sich. Und tschüss.

Sonntag
Nicht überhitzt ins Becken. Ich muss immer an meinen besten Freund denken. Der ist im Kneippbecken tot umgefallen.

Nur zehn Minuten früher, da hätten Sie was erleben können! Sonntags zwischen 18 und 19 Uhr ist hier Hochbetrieb. Da staut es sich manchmal im Becken. Bei einem Kneipper hing an einem um den Bauch geschnallten Gürtel eine große Hupe. Die hatte einen ungewöhnlich rauen und einschüchternden Klang. Als er seinen Fuß ins Wasser setzte, betätigte er fortwährend seine Hupe und brüllte: „Vorsicht, aus dem Weg, ich komme!" Von den Huptönen beunruhigt, sprangen viele Kneipper zur Seite. Eine ältere Dame rutschte in der Hektik aus. Die arme Frau. Nach zwei Runden hatte er das Kneippbecken für sich. Erst als er eine Pause einlegte, wagten sich einige Mutige wieder ins Becken. Nach einigen Minuten ging das Gehupe wieder los. Ein Kneipper hatte zum Glück ein Handy dabei. Und als der Huper zu seinem vierten Durchgang loshupte, fuhr das Polizeiauto vor. Als die beiden Polizisten das Kneippbecken betraten und sich nasse Schuhe und Hosen holten, leistete der Huper laut hupend Widerstand. Erst als die Polizisten ihm die Hupe entwendeten und Handschellen anlegen konnten, gab er Ruhe. Erregung öffentlichen Ärgernisses, versuchte Körperverletzung, Beleidigung und Widerstand gegen Beamte.

Sachen gibt's. Ich rufe bei der Versicherung an. Die kriegen so Ohren, quetschen mich aus nach Strich und Faden. Am nächsten Abend klingelt es. Unser Nachbar. Hochrot angelaufener Kopf. Ohne „Guten Tag" zu sagen, poltert er los. Was ich mir dabei gedacht hätte? Ihn bei der Versicherung zu verpfeifen. Ihm drohe eine Anzeige wegen Versicherungsbetrugs. Und an allem sei nur ich schuld. Mit mir wolle er nichts mehr zu tun haben. Ich sei für ihn gestorben. Dabei hat er sich doch selber reingeritten.

Frau Schober aus der Feldstraße. Gestern in aller Herrgottsfrühe lief sie laut schreiend durch ihren Garten. Dann wurde es plötzlich still. Seit dem Geschrei gestern habe ich sie nicht mehr im Garten gesehen. Dabei werkelt sie normalerweise von morgens bis abends in ihrem Garten herum. Ich mache mir meine Gedanken.

Wenn ich so durchs Wasser wate, kommen mir immer die besten Einfälle. Leute treffen sich am Kneippbecken. Gespräche am Kneippbecken. Ängste, Freuden, Alltägliches, Belangloses. Es muss ja nicht immer Mord und Totschlag sein. Die Idee!

Wieso hast du nicht an das Handtuch gedacht. In fünf Minuten müssen wir los. Irgendwann vergisst du noch deinen Kopf. Langsam ist es genug. Ich sage nur Wiesloch.

Füße im Wasser baumeln lassen, Zigarette in der Hand, Hefeweizen griffbereit. Das ist das Leben. Man sieht sich. Und tschüss.

Die Rentnergang

Gegrinst hat der. Saudumm gegrinst! Wie der sich auf seiner Couch lümmelte! Wir hatten reden wollen. Nur reden. Dafür waren wir verabredet. 15. Juni. 18 Uhr. In der Wohnung dieses Lügners. Es war nicht unsere Schuld, dass alles aus dem Ruder lief.

„Finalgespräch", hatte Rudi vorher auf der Fahrt nach Speyer gefrotzelt.

Das dürfen Sie nicht überbewerten. Das war nicht ernst gemeint.

„Dem hauen wir die Argumente um die Ohren", hatte Gerhard im Auto gesagt. „Und wehe, der spurt nicht …"

Uns Dreien wurde schnell klar, dass das nichts brachte, das Reden. Damit würden wir nie und nimmer an unser Ziel kommen. So wie der vor uns saß. Mit dem dummen Grinsen. Mit Argumenten war dem nicht beizukommen. Rudi verlor als Erster die Geduld. Dafür sollte man Verständnis aufbringen. Rudi ist der Jüngste von uns, nächsten Monat wird er 61. Ein junger Spund noch, wenn ich das so sagen darf. Der hat sich noch nicht so unter Kontrolle. Gelernter Fliesenleger. Frührentner. Das Kreuz. In seinen Jugendjahren hat er geboxt. Ziemlich erfolgreich. Badischer Juniorenmeister im Mittelgewicht. Gerhard ist 73. Metzgermeister. Hatte ein eigenes Geschäft. Und ich selbst bin Studienrat im Ruhestand, Deutsch, Geschichte und Gemeinschaftskunde, habe letzte Woche meinen 75. gefeiert. In dem Alter wird man ruhiger, besonnener.

„Altersweisheit", sagt meine Frau immer.

Ich hätte mir nicht vorgestellt, dass ich meinen 75. Geburtstag in U-Haft feiern würde. Aber das tut jetzt nichts zur Sache. Rudi also schlug diesem Betrüger auf die Nase. Mit der flachen Hand.

„Ich kann dein dummes Grinsen nicht mehr sehen", schrie er dazu.

Aber der grinste einfach weiter. Wahrscheinlich war das Grinsen eingefroren in seiner Visage. Ein feiner Blutfaden aus der Nase zerteilte jetzt das Grinsen. Es war das linke Nasenloch, da bin ich mir sicher.

„Auf, arretieren wir ihm Arme und Beine", sagte Gerhard und ich wunderte mich über seine Ausdrucksweise. So redet der normal nicht. Gerhard hat ein, wie soll ich es ausdrücken, einfaches Gemüt. Rudi hielt den Kerl fest, Gerhard zog die Kabelbinder an Armen und Beinen mächtig fest. Ich konnte es daran sehen, wie er seine Backen vor Anstrengung aufblies. Und immer noch dieses Grinsen. Der Typ war an Armen und Beinen gefesselt. Trotzdem hatte es den Anschein, als würde er gemütlich auf seiner Couch fläzen. Trotzdem grinste er weiter. Das Grinsen verging ihm erst, als Rudi das silberne Klebeband auspackte und ihm um den Kopf wickelte. Fünf Mal. Ich zählte mit. Das Grinsen verschwand unter dem Band. Gezwungenermaßen. Das kann man doch nicht als bedrohlichen Zustand beschreiben. So darf man das nicht sehen. Der Lügner bekam noch genügend Luft. Rudi ließ ein Nasenloch frei, das rechte, aus dem er nicht blutete. Wir haben uns schon was dabei gedacht. Wir sind schließlich keine Unmenschen. Jetzt war Gerhard an der Reihe. Er holte den Transportkarton aus dem Auto. Wir hatten ganz in der Nähe geparkt. Und mit dem Karton wollten wir nicht gleich zu Beginn des Gesprächs auftauchen, das hätte befremdlich gewirkt. Gerhard hatte vier Umzugskarton zusammenmontiert, die Zwischenböden entfernt und den obersten Karton mit einem Fliegengitter versehen. Zum Atmen. Wir haben an alles gedacht. Die Sackkarre flog bei mir im Schuppen herum. Als Gerhard zurückkam, zog ich den Betrüger von der Couch hoch. Es tat gut, dieses Grinsen nicht mehr sehen zu müssen, das können Sie mir glauben. Ich rammte ihm das Knie in die Weichteile.

„Jetzt mach mal langsam, Roland", sagte Rudi. „Wir dürfen unsere Ware nicht allzu sehr beschädigen. Vorerst brauchen wir sie noch."

Rudi spielt sich gerne etwas auf. Das ist Ihnen bestimmt auch schon aufgefallen. Wir bugsierten den Kerl ins Treppenhaus, verfrachteten ihn in den Fahrstuhl. Noch im Fahrstuhl steckten wir ihn in den Umzugskarton. Stopften ihn mit Luftpolster aus, damit der Kerl stabil fixiert war und unterwegs nicht auf dumme Gedanken kam. Eine junge Frau mit einem Baby auf dem Arm grüßte uns freundlich, als wir im Erdgeschoss ankamen. Es war viel los an diesem Abend. In der Fußgängerzone pulsierte das Leben. Voll besetzte Straßencafés. Flanierende Passanten. Kinder mit Eistüten. Jugendliche, die laut lachten, in der Hand eine Redbull-Dose. Ein Heer von Rentnern mit Rollatoren. Vorbei am Altpörtel zum Parkplatz. Rentnergang? Da liegen Sie vollkommen daneben. Eher drei harmlose, alte Männer mit einer Sackkarre und einem überdimensionierten Umzugskarton. Wir fielen nicht auf. Niemand schöpfte Verdacht. Wir waren Bestandteil dieses endlosen Stroms. Plötzlich sprach uns eine Polizeistreife an.

Das war es dann wohl, dachte ich.

Fast hätte ich ihnen die Arme entgegengestreckt. In Erwartung der Handschellen. Rudi und Gerhard erging es ähnlich. Ich sah es ihren Gesichtern an.

„Können wir Ihnen behilflich sein", sagte die junge Polizistin. Gerhard ließ vor Schreck fast die Sackkarre los. Ich fasste mich als Erster wieder.

„Danke, danke", sagte ich. „Sehen wir so hilfsbedürftig aus?"

Die Polizistin lachte und tippte sich an die Mütze. Der restliche Weg zum Parkplatz verlief ohne weiteren Zwischenfall. Raus aus dem Karton. Rein ins Auto. Kofferraum zu. Eine Sache von wenigen Sekunden. Kein Problem. Der Lügner konnte keine Lügen verbreiten, er war ja gefesselt und stumm. Die Fahrt durch Speyer ein Kinderspiel. Kaum Verkehr. Alle Menschen schienen sich in der Fußgängerzone zusammenzuballen. Der Blick auf den Dom wie immer grandios. Nach der Rheinbrücke wurde Rudi unruhig.

„Wenn die Fesseln zu stramm sind …", druckste er herum.
„Und das Klebeband?"

Ich fuhr rechts ran. Rudi lockerte die Kabelbinder ein wenig und legte auch noch das linke Nasenloch frei.

„Jetzt ist mir wohler", sagte er, als er wieder im Wagen saß.

Sie werden uns nicht unterstellen können, dass wir zu wenig Mitgefühl gezeigt hätten. Auf Höhe des Flugplatzes Herrenteich ging ganz plötzlich das Geschrei und das Gepoltere los. Es trommelte wild gegen den Kofferraumdeckel. Hoffentlich gibt das keinen Blechschaden, dachte ich noch bei mir. Was denkt sich dieser Typ eigentlich? Wie geht der mit dem Eigentum anderer Leute um?

„Hilfe, Hilfe, helfen Sie mir, ich werde entführt", tönte es aus dem Kofferraum.

Ich trat auf die Bremse, die Reifen quietschten. Ich kam für den Bruchteil einer Sekunde ins Schlingern, dann bekam ich den Wagen unter Kontrolle und bog auf den Parkplatz des Flugplatzes ab. Er war fast leer. Nur ganz hinten an der Halle, in der die Sportflugzeuge untergestellt sind, standen zwei Autos. Wir postierten uns um den Kofferraum, waren auf alles gefasst und wurden trotzdem überrascht. Ich ließ den Kofferraumdeckel aufschnappen, sprang sofort einige Schritte zurück. Das war mein Glück. Der Schrei des Lügners ging uns durch Mark und Bein. Noch heute wache ich nachts auf, diesen Schrei in den Ohren. Er sprang mit einer Beweglichkeit aus dem Kofferraum, die ich ihm nicht zugetraut hätte. Schließlich ist er auch nicht mehr der Jüngste, über fünfzig, auf jeden Fall. Er hatte etwas in der Hand, mit dem er uns bedrohte. Einen Gegenstand, den wir im Eifer des Gefechtes nicht erkennen konnten. Alles ging viel zu schnell. Erst als er gut verschnürt wieder im Kofferraum lag, sahen wir, in welcher Gefahr wir uns befunden hatten. Dieser Betrüger hatte es geschafft, sich von den gelockerten Fesseln zu befreien und wollte mit dem Wagenheber auf uns losgehen. Das war der Dank für unsere Gutmütigkeit. Das ist die wahre Bedrohung. Nicht das, was wir gemacht haben. Das ist doch harmlos im Vergleich zu diesem Angriff. Keine Ahnung, warum sein Hemd am Ende der Fahrt blutig war. Er war schließlich allein im Kofferraum. Wir bekamen nicht alles mit, was er da anstellte. Und die beiden Rippenbrüche, dafür habe ich keine Erklärung. Das müssen Sie mir glauben. Ich könnte mir vorstellen, dass er diese Rippenbrüche schon vorher hatte. Über das blaue Auge können wir reden. Das kann im Eifer des Gefechts passiert sein. Wir mussten uns schließlich verteidigen. Notwehr. Das werden Sie bestimmt verstehen. Wir sind doch die wahren Opfer. Nicht die Täter. Den Betrüger, der hätte in Untersuchungshaft genommen werden müssen. Der müsste jetzt auf der Anklagebank sitzen. Nicht drei alte Männer, die betrogen wurden, die um ihr Erspartes gebracht wurden. Anlageberater. Dass ich nicht lache! Der besaß nicht einmal eine Lizenz. Aber das wussten wir nicht damals, als wir ihm unser Geld anvertrauten. Rudi: 120 000 Euro. Einmal im Leben hatte er Glück gehabt und im Lotto gewonnen. Seinen gesamten Gewinn investierte er. Gerhard: 180 000. Der Erlös aus dem Verkauf seiner Metzgerei. Seine Altersvorsorge. Fast 220 000 ich selbst. Meine Frau ebenfalls Lehrerin. Kinder sind uns nicht vergönnt gewesen. Wir haben gut verdient. Alles gespart. Unser Kapital für einen annehmlichen Lebensabend. Todsichere Anlage, wollte er uns weismachen. Immobilienfonds in den USA. 18 Prozent Rendite. Mindestens! Gier? Ein unschönes Wort. Ehrlich verdientes Geld. Mit unserer Hände Arbeit. 18 Prozent von 120 000. Das macht 21 600 im Jahr. Ein schönes Zubrot zu einer monatlichen Rente von 1000 Euro. Damit muss Rudi nämlich auskommen. Fliesenleger, wie ich bereits sagte. Und Sie sprechen von Gier. Ich darf doch bitten. Zugegeben, bei mir und meiner Frau sieht es besser aus. Von unseren Altersbezügen können wir leben. Aber 220 000 sind auch für uns kein Pappenstiel. Bei uns allen war das Geld für den Lebensabend eingeplant. Im Mai 2015 kamen die letzten Zinsen. Dann Funkstille. Der Kerl vertröstete uns. Wieder und wieder. Hielt uns hin. Machte Versprechungen. Setzte Zahlungsziele, die er nicht einhielt. Immer und immer wieder. Wie oft fielen wir auf ihn herein. Dann im Herbst 2015 das Geständnis. Verspekuliert. Alle Einlagen futsch. Nichts zu machen. Das Risiko trage nun mal der Anleger. So seien eben die Regeln. Er ging uns auf die Nerven. Wir glaubten ihm nicht. Der Typ log, wenn er den Mund aufmachte.

„Der hat das Geld ins Ausland gebracht", mutmaßte Rudi.

„Vielleicht in die Schweiz", sagte Gerhard.

Dabei hat der keine Ahnung von Geldgeschäften. Dann war der Betrüger plötzlich aus Frankfurt verschwunden. Wohnung gekündigt. Festnetz abgemeldet. Handynummer unbekannt. Wie vom Winde verweht. Rudi suchte ihn im Internet. Monatelang. Ich weiß nicht, wo er das herhat. Fliesenleger. Boxer. Aber mit dem Computer kann er echt gut umgehen. Im April 2016 endlich der Erfolg. Ich fuhr nach Speyer, fotografierte seine Wohnung in der Fußgänger-zone, die Umgebung, kundschaftete einen günstigen Parkplatz in der Nähe aus.

Einen kostspieligen Prozess zur Wiederbeschaffung des Geldes konnten wir uns nicht leisten. Rudi surfte sogar auf halbseidenen Internetseiten von Geldeintreibern. Suchbegriff bei Google: „Inkas-so brutal". Alles ohne nennenswerten Erfolg. Die legalen Mittel wa-ren erschöpft.

„Selbst ist der Mann", sagte ich.

Wir waren verzweifelt. Der Boden war uns unter den Füßen weggezogen. Wir befanden uns im freien Fall. Wer könnte unsere Verzweiflung nicht verstehen? Wir setzten uns zusammen.

„Brainstorming", sagte Gerhard. Dabei weiß er gar nicht mal richtig, was das bedeutet.

„Alles rauslassen, was uns einfällt", sagte ich. „Und sei es noch so kurios."

Entführung? Ich weiß nicht. Ein großes Wort. Ich würde es nicht so nennen. Ein paar Tage Urlaub in der wunderschönen Kurpfalz. Im Herzen Mannheims. In der Oststadt. Bevorzugte Wohnlage. Ru-hig. Ganz in der Nähe des Luisenparks. Ein gemütliches Souter-rainzimmer, Gitterbett, Toilette, Waschbecken. Ich bestreite nicht, dass das Kellerfenster mit Styropor isoliert und von außen verna-gelt war. Aber zur Begrüßung hatte meine Frau einen Erdbeerku-chen belegt. Es gab Kaffee und Kuchen am Dienstagabend. Danach tranken wir einen Rotwein zusammen. Auf der Terrasse. Quasi in aller Öffentlichkeit. Meine Frau wusch auch das blutige Hemd. Die-ser Betrüger hatte ja nichts zum Wechseln dabei. Am Mittwoch-morgen setzten wir uns in der Garage zusammen. Die dient mir als Arbeitszimmer. Dass wir ihn bedroht haben sollen, ist eine Unter-stellung, die ich entschieden zurückweise. Wenn wir mit etwas ge-droht haben, dann höchstens mit der Ankündigung, ihn anzuzei-gen. Das ist doch wohl unser gutes Recht. Nach allem, was er uns angetan hatte. Ich bedrohte den Lügner auch nicht mit einer schar-fen Waffe. Den Strick lasse ich mir nicht drehen. Eine legale Waffe, übrigens. Mit Waffenschein und allem Drum und Dran. Die lag zufällig auf einem Regal im Büro. Das war fahrlässig, ich weiß. Sie hätte im Waffenschrank unter Verschluss gehalten werden müssen. Während wir uns unterhielten, habe ich die Pistole auseinandergebaut, eine Browning 9 mm, gereinigt, dann wieder zusammengebaut. Das ist doch keine Bedrohung! Dieser Vorwurf ist an den Haaren herbeigezogen. Entbehrt jeglicher realen Grundlage. Sagen Sie selbst. Vier bis fünf Mal mit dem Tod bedroht? Schauen Sie sich diesen Betrüger doch an. Wie er dasitzt. Wie er vor sich hingrinst. In seinem Kaschmirmantel. Im Nadelstreifenanzug. Mit der edlen Seidenkrawatte. Der soll Todesangst gelitten haben? Quatsch. Alles Quatsch. Zweimal in der Woche in psychologischer Behandlung. Spätfolgen. Dass ich nicht lache!

Er habe alles Geld verloren, behauptete der Kerl. Er selbst sei pleite. Am Mittwochabend stellten wir ihm ein Ultimatum. Wir gaben ihm zwei Stunden Zeit. Zum Nachdenken. Er sollte sich entscheiden, aus welchem seiner Geldverstecke er uns bezahlen wollte. Sonst ... Nicht, was Sie denken. Keine Drohung.

„Sonst zeigen wir dich an", sagte ich zu ihm, ruhig und gefasst.

Zwei Stunden später willigte er ein. Wir setzten gemeinsam ein Fax auf an seinen Finanzberater in der Schweiz. Der sollte die Überweisung umgehend veranlassen. Wir waren in Feierlaune, als das Fax abgeschickt worden war. Wir sperrten ihn in sein Zimmer. Den Champagner wollten wir alleine genießen. Wir hatten zu diesem Zeitpunkt keine Ahnung, dass er uns ein weiteres Mal gelinkt hatte. Es passierte nichts. Es kam keine Antwort. Wir wussten nicht, dass der Finanzexperte für vier Wochen in Urlaub war. Er schon. Rudi sorgte in seiner ihm typischen Art dafür, dass der Lügner am Donnerstagnachmittag mit der Wahrheit herausrückte. Körperverletzung? Ich bitte Sie. Der Zweck heiligt die Mittel. Wir waren von ihm enttäuscht. Ein weiteres Mal. Wie viele Chancen hatten wir ihm schon gegeben? Jedes Mal hatte er unser Vertrauen missbraucht. Wir sperrten ihn wieder in sein Kellerzimmer. Das Abendessen fiel aus für ihn. Den Rotwein tranken wir alleine. Wir saßen auf der Terrasse und überlegten, wie es weitergehen solle. Gerhard tendierte zum Abbruch. Rudi wollte es durchziehen.

„Bis zum bitteren Ende!"", sagte er.

Ich unterstützte ihn, modifizierte seine Aussage aber in einem nicht unwesentlichen Punkt.

„Bis zum siegreichen Ende!", sagte ich.

Entführung? Wenn mir das Wort überhaupt über die Lippen kommt, dann würde ich sagen: sanfte Entführung. Die sanfteste Entführung, die es jemals gegeben hat. Unsere Mission war zum Selbstläufer geworden. Der Zug hatte den Bahnhof verlassen. Der Zug fuhr und fuhr. Notbremse? Eine Notbremse gab es in diesem Zug nicht. Selbst wenn es eine gegeben hätte, wir hätten sie nicht gezogen. Niemals! Am Freitagmorgen tat der Betrüger zerknirscht. Er entschuldigte sich bei uns.

„Wir wollen keine Entschuldigung", schrie Rudi, „wir wollen unser Geld zurück."

Genau das versprach der Kerl.

„Ohne Tricks und doppelten Boden", sagte ich.

Er nickte. Um unsere Gutmütigkeit zu demonstrieren, kamen wir seiner Bitte nach und ließen ihn auf der Terrasse eine Zigarette rauchen. Meine Frau sieht es nicht gerne, wenn im Haus geraucht wird. Wir sind keine Unmenschen, Herr Vorsitzender. Wir sind keine Monster. Der Betrüger versuchte zu fliehen. Es geht nichts über gute Nachbarschaft. Nachbarn hielten unseren Gast für geistig verwirrt und brachten ihn zu uns zurück. Rudi fesselte ihn und setzte ihn auf einen Stuhl in der Garage.

"Jetzt ist das Ende der Fahnenstange erreicht", sagte ich zu ihm. Ruhig. Gefasst. Ich kann mich beim besten Willen nicht daran erinnern, ob ich dabei die Browning in der Hand hielt. Er schien zu resignieren. Glaubte, er habe seine letzte Chance verspielt. Gab sich kooperativ. Nein, die Fesseln nahmen wir ihm nicht ab. Bei der renommierten Basler Privatbank Julius Bär habe er ein ansehnliches Aktiendepot. Wir glaubten ihm nicht. Wollten Beweise sehen. Per Online Banking konnten wir uns vergewissern, dass das Aktienpaket wirklich existierte. Dass es ausreichte, um unsere Einlagen zurückzuzahlen. Er diktierte mir eine Anweisung für den zuständigen Bankberater. Es war von Aktienverkäufen die Rede. Depot-

nummer. Wert des Paketes. Meine Kontonummer. Die Bankleit-
zahl. Den Satz "Send.Call.Pol.ICE" tippte ich arglos. Niemandem
von uns fiel etwas auf. Ich dachte, der solle uns die Police zuschi-
cken. Oder das Aktiendepot trage die Kennung ICE. Was weiß ich.
Natürlich hätten die Alarmglocken schrillen müssen. Sie sehen
doch selbst, wie gutgläubig wir waren. Ich ließ den Text ausdru-
cken und verschickte ihn per Fax. Ich wäre nie auf die Idee gekommen, dass der Banker die Polizei benachrichtigen würde. In der
Nacht von Freitag auf Samstag, kurz nach halb drei, kam das Sondereinsatzkommando. Faxkennung. So hatten sie uns gefunden.
Die spektakuläre Befreiung des Lügners und Betrügers. Schwerbe-
waffnete, vermummte Gestalten, die in unseren Flur stürmten.
Rauchgasbomben. Blendgranaten. Knallerei. Unerträglicher Lärm.
Unglaubliches Chaos. Die aufgesprengte Haustür, vollkommen
zerstört. Die Verwüstung im Haus. Wer kommt für die Schäden
auf? Das zahlt doch keine Versicherung. Auf den Kosten bleiben
doch meine Frau und ich sitzen. Dann unsere Verhaftung. Die mo-
natelange U-Haft. Den 75. Geburtstag im Gefängnis verbringen.
Welche Demütigung! Welche Schande! Und dieser Kerl in Freiheit.
Wir sind keine Täter, Hohes Gericht. Keine eiskalte Rentnergang,
die gefühllos ihr Ding durchzieht und notfalls bereite wäre, über
Leichen zu gehen. Wir sind die Opfer. Arme, unschuldige Rentner,
um ihr Erspartes gebracht. Die Sie, Herr Staatsanwalt, für viele Jahre hinter Gitter sperren wollen. Hier vor Ihnen, Herr Vorsitzender
sitzt der wahre Täter! Dieser Lügner und Betrüger im Kaschmirmantel und Nadelstreifenanzug. Wer in diesem Raum empfindet
mit uns keine Sympathie? Mit uns, die wir doch nur auf eigene
Faust unser eigenes, ehrlich erworbenes Geld zurückholen wollten.

Ein lukratives Geschäft

EINS
In der Nacht vom 17. auf den 18. Dezember 2021 erlag der Oberbürgermeister der Stadt Heidelberg den Folgen eines Attentats. Vergangenen Sonntag, kurz vor elf Uhr morgens, hatte ein 38-jähriger Mann dem OB vor der Heiliggeistkirche mit mehreren Messerstichen und den Worten: „Du bist an allem schuld!" lebensgefährliche Verletzungen zugefügt.

ZWEI
Aus gegebenem Anlass wird darauf hingewiesen, dass die Wasserausgabestelle Bergheimer Straße/Römerstraße bis auf Weiteres geschlossen wird. Wasserberechtigte müssen beim zentralen Amt für Wasserausgabe am Bismarckplatz einen neuen Berechtigungsschein beantragen. Die Antragstellung ist gebührenpflichtig. Es gilt die Gebührenordnung 38/21 vom 23. September 2021. Den Wasserberechtigten der oben genannten Wasserausgabestelle wird eine kollektive Geldstrafe in Höhe von 88 000 Euro auferlegt. Die Geldstrafe ist zahlbar binnen zwei Wochen.

DREI
Ich war dabei, habe alles mit eigenen Augen gesehen. Klar, ich stand weit hinten in der Schlange. Aber ich habe doch etwas mitbekommen. Natürlich war die Stimmung schlecht. Die Stimmung an den Ausgabestellen ist ja immer schlecht. Die kurzen Ausgabezeiten. Man weiß nie, ob man noch drankommt, schließlich wird der Hahn pünktlich abgedreht. Die Unruhe ging nicht von hinten aus. Gestern nicht. Vorne war der Teufel los. Schreie, die Kommandos der Wasserwächter, Gerangel, Geschiebe, selbst weiter hinten deutlich zu spüren. Dann die Sprechchöre.
„Wasser für alle! Wasser für alle!"
Erst verhalten und leise, dann anschwellend, lauter werdend, ein regelrechter Orkan. Bewegung kam in die Schlange. Ein Gedränge, eine Schubserei. Dann die Stimmen der Wasserwächter.
„Abstand halten! Zurück!"

Übertönt von den Sprechchören. Ich war überrascht, als ich Sirenen hörte. Von allen Seiten kamen sie. Quietschende Bremsen. Autotüren, die zugeknallt wurden. Die Schreie der Wächter.

„Zurück! Zurück!"

Plötzlich Schüsse. Die Sprechchöre verstummen schlagartig. In Sekunden löst sich die Schlange auf. Alle rennen weg, wollen sich in Sicherheit bringen. Auch ich. Weg von der Ausgabestelle, weg von den Schüssen.

Was ist passiert? Ich kann nur spekulieren. Obwohl ich dabei war. Wahrscheinlich das Übliche, vermute ich. Die Schikanen der Wächter. Man kennt das ja. Einer ganz vorne in der Schlange soll ausgeflippt sein. Aufgestachelt von den Sprechchören. Soll einem Wächter an die Gurgel gegangen sein. Soll es zumindest versucht haben. Der andere Wachtposten, ein blutjunger Kerl, soll die Nerven verloren haben. Drei Tote aufseiten der Wasserberechtigten, zwei Wächter verletzt.

Ich weiß noch, wie es anfing, damals mit der Wasserausgabe. Es wird nicht so heiß gegessen wie gekocht, dachte ich. Hole ich mir eben das Wasser von anderswo. Hat funktioniert. Aber nur wenige Tage. Ich war nicht der Einzige, der diese Idee hatte. Schnell war der Markt dicht. Schwarzmarktpreise, höher als die offiziellen Ausgabepreise. Wo du hingekommen bist. Und Heidelberg war nicht die einzige Stadt, in der das Wasser rationiert wurde. Viele Kommunen hatten sich von schnellem Geld blenden lassen. Ein Fass ohne Boden, wie sich herausstellte. Und die Politik reagierte. Ein Bundesgesetz gegen den Wassertourismus wurde verabschiedet, in dem den Wasserwächtern weitgehende Befugnisse eingeräumt wurden.

Es ist erst einige Jahre her, aber es kommt mir wie eine Ewigkeit vor. Früher, als man einfach den Wasserhahn aufdrehen konnte. Als das Wasser floss. Reichlich. In Strömen. Ein immerwährender Fluss. Unerschöpflich. Unendlich. Wasser, soviel du wolltest. Ohne Kontrolle. Und fast geschenkt. Für einen Spottpreis jedenfalls. Ich erinnere mich noch daran.

VIER

Die Ankündigung von etwas und der tatsächliche Eintritt des angekündigten Ereignisses, das sind zwei verschiedene Paar Schuhe. Es wurde lange vorher in der Presse, im Radio, im Fernsehen, im Internet auf die einschneidenden Änderungen hingewiesen. Und wenn wir ehrlich sind, jeder hat diese Situation doch schon einmal in seinem Leben erlebt. Wir alle hatten eine Vorstellung von dem, was da angekündigt wurde. Ich sage nur Wasserrohrbruch. Das Wasser ist abgestellt, die Handwerker sind informiert, alles kein Problem, der Zeitraum absehbar. Es ist zeitlich befristet. Und vor dem Abstellen kannst du dich mit Wasser eindecken, Eimer füllen, Töpfe, Schüsseln. Und trotzdem vergesse ich später, dass kein Wasser mehr da ist, drehe am Hahn, meine Hände sind schmutzig, kein Wasser. Nicht schlimm, sage ich mir, es ist ja nur zeitlich befristet. Oder ich drücke auf die Toilettenspülung, statt Wasserrauschen höre ich ein unheimliches Grummeln. Klar, Wasser abgestellt, ich habe nicht daran gedacht. Aber es ist ja nur zeitlich befristet. Die Handwerker sind schon da, arbeiten, die undichte Stelle ist bald repariert. Bald wird wieder Wasser fließen. Dass es fließt, ist eine Selbstverständlichkeit, über die wir nicht nachdenken. Nicht nachgedacht haben! Es ist so.

Natürlich frage ich mich, warum das Wasser so verknappt wird. Preistreiberei, klar, ein starkes Argument. Aber reicht es aus? Es wird immer mal wieder gemunkelt, dass das Wasser von uns abgezogen wird und woanders verhökert wird. Wenn ich ehrlich bin, ich kann es mir nicht vorstellen. Nicht in dieser Konsequenz.

Als es dann so weit war, als am ersten August das Wasser wirklich abgestellt wurde, für immer, nicht zeitlich begrenzt, da war alles anders. Klar, ich vergaß es etliche Male, drehte am Wasserhahn, weil ich es nicht anders kenne, weil ich es schon immer so gewöhnt bin. Kein Wasser. Kein einziger Tropfen.

Mir wird es schlagartig bewusst. Es wird nie wieder Wasser fließen. Mein Leben verändert sich. Der Gedanke an eine Veränderung und das tatsächliche Eintreten dieser Veränderung, das sind zwei verschiedene Paar Schuhe.

FÜNF

Es wird darauf hingewiesen, dass mit Wirkung vom 1. August 2021 die Wasserabgabe neu geregelt wird. Jeder Bewohner Heidelbergs wird einer Wasserausgabestelle zugeteilt. Die Abgabe erfolgt nur persönlich unter Vorlage eines Berechtigungsscheins zur Wasserausgabe. Die Ausgabezeiten sind montags bis freitags von 10 bis 12 Uhr und von 15 bis 17 Uhr, samstags von 9 bis 12 Uhr und sonntags von 10 bis 12 Uhr. Die maximale Ausgabemenge beträgt zehn Liter pro Person und Tag, bei Kindern unter 14 Jahren die Hälfte. Das Wasser ist sofort bei Ausgabe zu bezahlen. Es gilt zurzeit die Gebührenordnung 32/21 vom 27. Juli 2021. Der Preis für einen Liter Wasser beträgt im Moment 3,99 Euro. Das zentrale Amt für Wasserausgabe weist darauf hin, dass das Sammeln von Regenwasser und die Wassereinfuhr von außerhalb strikt verboten und unter Strafe gestellt sind.

SECHS

Die Verfügung vom 15. November 2020 war einschneidend. Nur noch jeden zweiten Tag Wasser aus der Leitung. Gleichzeitig wurde der Wasserpreis verdoppelt. Mit der Rationierung bin ich bisher zurechtgekommen, kein großes Problem für mich. Und es ist ja weiß Gott keine Schande, mit einem kostbaren Gut sorgsam und sparsam umzugehen, mit 25 Liter am Tag kann man auskommen. Wenn man sich einschränkt. Wenn man keinen Tropfen vergeudet. Und Ratgeber zum Wassersparen haben Hochkonjunktur, stehen an der Spitze der Bestsellerlisten. Aber Wasser nur noch jeden zweiten Tag? Ich wohne in Neuenheim. Das heißt, für mich gibt es nur an den geraden Tagen Wasser. Wo soll das noch alles hinführen?

SIEBEN

Wir weisen darauf hin, dass die Ausgabe von Wasser ab dem 1. März 2020 für jeden Haushalt beschränkt wird. Pro erwachsene Person beträgt die tägliche Höchstabgabemenge 25 Liter. Für Kinder unter 14 Jahren gilt eine Ausgabemenge von 15 Litern. Der Verbrauch wird durch entsprechende Messgeräte, die die herkömmlichen Wasseruhren ersetzen, geregelt. Bei Erreichen der Höchstabgabemenge wird der Zulauf automatisch bis zum nächsten Kalendertag gesperrt. Manipulationen an den Messgeräten werden unter Strafe gestellt. Die Kosten für die Messgeräte und deren Einbau trägt der jeweilige Wasserabnehmer in voller Höhe. Nur autorisierte Fachbetriebe dürfen den Einbau vornehmen.

ACHT

Ich starre auf die Anzeige des Taschenrechners. Ich reibe mir die Augen. Noch immer sehe ich die Zahl auf dem Display. 213,7. Ich nehme dir die Wasserabrechnung noch einmal vor. Zeitraum: 1. Januar 2019 bis zum 31. Dezember 2019, Grundpreis, verbrauchte Kubikmeter, Preis pro Kubikmeter. Ich tippe alles ein, kontrolliere nach jeder Eingabe die Richtigkeit. 213,7. Wieder diese Zahl. Um 213,7 Prozent hat sich der Wasserpreis im letzten Jahr erhöht. Wie ist der Abwasserpreis gestiegen? Ich will es nicht wissen, werfe den Taschenrechner in die Ecke.

NEUN

Wie der Rhein-Neckar-Anzeiger aus sicherer Quelle erfuhr, wird die komplette Wasserversorgung der Stadt Heidelberg mit Wirkung vom 1. Oktober 2018 von einem Konsortium arabischer Geschäftsleute mit Sitz in Dubai übernommen. Die Stadt war durch den Kollaps des US-Investors zu Beginn des Jahres in Schwierigkeit geraten, der Wasserpreis musste erhöht werden.

Der Oberbürgermeister sagte dieser Zeitung: „Wir sind froh und glücklich, dass ein gangbarer Weg aus dieser prekären Situation gefunden wurde. Die Heidelberger Bürger werden auch in Zukunft sicher und ausreichend mit Wasser versorgt, und zwar, ich betone dies ausdrücklich, zu fairen und tragbaren Preisen."

ZEHN

Sicher, es wird spekuliert. Es werden Ängste geschürt. Eine Preisexplosion wird herbeigeredet. Der Vertreter der „Bunten Linken" im Gemeinderat stellte gar die provozierende Frage: „Werden uns irgendwann einmal Ölscheichs den Wasserhahn abdrehen?"

Ich habe mir, wenn ich ehrlich bin, nichts dabei gedacht, als die Nachricht durch die Presse ging. Der US-Investor, der enge Geschäftspartner unserer Gemeinde, sei im Februar 2018 in Konkurs gegangen. Das Wasser wird teurer werden, natürlich, daran führt kein Weg vorbei. Aber Qualität hat seinen Preis. Ein guter Wein kostet auch entsprechend. Und Wasser ist doch ein wirkliches Qualitätsprodukt. Wer will das bestreiten?

ELF

Ja, verdammt noch mal, unser Partner ist in Schwierigkeiten. Das weiß ich. Und ich weiß, dass zum 1. Januar 2017 unsere Raten steigen werden, und zwar kräftig. Nein, das sind keine Spekulationen. Das ist Fakt! Und das können wir als Gemeinde nicht alleine schultern. Das müssen wir an unsere Bürgerinnen und Bürger weiter geben. Der Wasserpreis muss deutlich erhöht werden. Bereiten Sie eine entsprechende Vorlage für die nächste Sitzung vor.

ZWÖLF

Ihre Anfrage vom 12. April 2004 beantworte ich Ihnen wie folgt: Es ist erstens zutreffend, dass derartige Geschäfte zwischen Investorengruppen und kommunalen Einrichtungen in den USA seit dem 12. März diesen Jahres verboten sind. Es ist zweitens nicht zutreffend, dass diese Gesetzesänderung auf den Vertrag der Stadt Heidelberg und der Heidelberger Stadtwerke GmbH mit dem US-Investor in irgendeiner Form Auswirkungen haben könnte.

DREIZEHN

Unter Ausschluss der Öffentlichkeit bereitet die Stadt Heidelberg den Verkauf des Heidelberger Wasser- und Abwassernetzes vor. Über 500 Kilometer an Rohrleitungen sollen verhökert werden. Die Stadt Heidelberg und die Heidelberger Stadtwerke GmbH versuchen durch risikoreiche Scheingeschäfte jetzt diese Infrastruktur zu Geld zu machen. Ende Mai 2003 wird der Gemeinderat über dieses Geschäft abstimmen.

Die Bürgerinitiative „Heidelberger Wasser e.V." wendet sich gegen diese Art der kurzsichtigen Stadtsäckel-Sanierung und wird versuchen, durch Aufklärungsarbeit die Öffentlichkeit zu informieren und dadurch dieses Geschäft zu verhindern.

Fehlende Transparenz, zu kurze Vertragseinsicht und nur englischer Text, immerhin mehr als 1000 Seiten, nur ein kleiner Teil davon übersetzt, mangelnde Information der Öffentlichkeit, Schweigen über den Namen des Investors, mangelnde Aufklärung über Risiken tauchen diese Verträge in ein dubioses Licht. Das kritisieren wir.

Im amerikanischen Recht wird nach Auskunft unserer Anwälte aufgrund der Vertragslaufzeit von 99 Jahren eine eigentümerähnliche Position des Investors angenommen. Auch wenn sich nach deutschem Recht an den Eigentumsverhältnissen nichts ändert, bis auf die Tatsache, dass es jetzt zwei Eigentümer gibt, ist der Gerichtsstand für etwaige Schadensersatzklagen die USA. Es besteht immer die Gefahr des Konkurses des US-Vertragspartners. In diesem Fall können die Gläubiger den Vertragsgegenstand verwerten und an Dritte veräußern.

VIERZEHN

Wir sind mit einem Schlag einige Probleme los! Wie sollte ich da zögern? Wie sollte ich dagegen stimmen? Alles ist absolut wasserdicht. Hahaha, im wahrsten Sinn des Wortes. Ein Geldsegen für unsere Stadt. Natürlich werde ich im Gemeinderat dafür stimmen.

Entscheidend ist doch, was unterm Strich für unsere Stadt herauskommt. Und eines kann ich Ihnen versprechen, Heidelberg wird von dem Deal profitieren. Dank eines Schlupflochs im US-amerikanischen Steuersystem ist es nämlich für einen Investor lukrativ, jenseits der Staatsgrenzen für längere Zeit in alles Mögliche zu investieren, vorzugsweise in kommunales Vermögen. Für den Investor gibt es dafür satte Steuererstattungen vom US-Fiskus, wenn Nahverkehrsnetze, Müllverbrennungsanlagen, Klärwerke oder Ähnliches für die berühmten 99 Jahre gemietet werden. Von den gesparten Steuern fließt ein Teil, meist vier bis fünf Prozent, an den Verkäufer als Barwertvorteil zurück, so heißt das. Den größeren Batzen sackt der US-Investor ein. Wir gehen mit einem namentlich geheim gehaltenen amerikanischen Investor ein lukratives Geschäft ein. Wir verkaufen unsere Wasserversorgung an den Investor und mieten sie umgehend zurück. Der Käufer kann die so entstandenen Kosten von der Steuer absetzen. Klar, wir haften für das Ausfall-Risiko, aber wir können dafür schnell ein paar Millionen kassieren. Eine kleine simple Unterschrift, und schon wird ein Geldregen über uns niedergehen, die leeren Kassen füllen und aus der Düsternis der finanziellen Aussichten das Licht der Hoffnung machen. Mit einem Federstrich bringt dieser Goldesel neues Geld. Zwölf Millionen Euro für unsere Stadt auf einen Schlag, das ist doch was! Der Investor bezahlt auf die Konten diverser Banken weiterhin die Summe von 247 Millionen Euro. Das Geld entspricht der Miete für die Anlagen der Wasserversorgung, im Voraus auf 30 Jahre bezahlt.

Am Ende treffe es immer den Gebühren- und Steuerzahler? Meinen Sie? Das Risiko trügen die Kommunen? Jetzt kommen Sie mir doch nicht damit! Was soll denn da schief laufen? Hören Sie mir doch auf mit diesen ollen Kamellen! Warum diese ewige Schwarzmalerei? Warum sollte der Investor in Schwierigkeiten geraten? Warum sollte eine Bank Pleite gehen? Eine Bank, ich bitte Sie! Was soll denn diese Miesmacherei? Ich hasse es, wenn immer alles schlecht geredet wird! Was soll denn schlecht sein an diesem Cross-Border-Leasing?

Strippenzieher

Jetzt war es dunkel. Er war allein. Draußen war es still. Um diese Zeit war das ganz normal. Aber das würde sich bald ändern. Er schaute auf seine Uhr, konnte aber nichts erkennen. Es war zu dunkel in dem Raum. Die Verabredung um 15 Uhr, er hatte sich etwas verspätet. Die Begrüßung frostig.

„Die anderen kommen später", hatte der Typ gesagt, ihm die Hand geschüttelt und haarscharf an seinen Augen vorbeigeschaut. Dabei keine Miene verzogen.

Der spielt den Coolen, dachte er. Einen kurzen Moment wunderte er sich, dass er ihn hier noch nie gesehen hatte. Aber er hatte keine Zeit, sich länger darüber Gedanken zu machen. Sie hatten ihm seine Vorstellung letztes Wochenende noch nicht verziehen. Wie auch? Deshalb sollte ja die Aussprache stattfinden. Aussprache! Was hatte er sich mit denen auszusprechen? Aber wenn der Chef darauf besteht, wenn er regelrecht Druck macht?

„Du bringst das in Ordnung! Vorher! Hast du mich verstanden?"

Auf eine Antwort von ihm hatte der Chef nicht gewartet, hatte ihn einfach stehen lassen. Wie einen kleinen Jungen. Natürlich hatte er verstanden. Klar, er war mit dem Treffen einverstanden. Mit der Aussprache. Er hatte doch keine Wahl. Er wollte die Sache aus der Welt schaffen. Der Typ hatte am Telefon unaufgeregt geklungen.

„Um 15 Uhr am Eingang. Ich warte auf dich."

Er hatte sich nicht gewundert, dass der andere ihn geduzt hatte. Das war so üblich. Er hatte erwartet, dass sie sich in der Caféteria zusammensetzen würden.

„Zu viel los dort", meinte der andere. Er dachte sich nichts dabei, als der andere ihn einfach nach unten führte. Endlos lange Gänge. Türen, die sie passierten. „Klubraum" stand auf dem Schild neben der Tür, die der andere aufschloss. Einfach nur Klubraum. Sonst nichts. Er war arglos. Der andere knipste das Licht an und hielt ihm die Tür auf.

„Nach dir."

Das wird alles halb so wild werden, dachte er. Der Typ ist doch irgendwie ganz in Ordnung. So sind die halt. Dann fiel die Tür hinter ihm ins Schloss. Auch jetzt schöpfte er noch keinen Verdacht. Dass die Tür zugefallen ist, muss ein Versehen sein. Oder der sagt noch schnell seinen Kumpels Bescheid. Er schaute sich in dem Raum um. Er war nicht besonders groß. Fünf mal fünf Meter, höchstens. Kein einziges Fenster. Wie auch, unter der Erde?

Gleich neben der Tür standen mehrere Bierkästen. Daneben ein großer Kühlschrank. In der Ecke zwei Metallschränke mit Vorhängeschlössern. Wie die Spinde in der Firma, in der er Kfz-Mechatroniker gelernt hatte. Mehrere Pappkartons übereinandergestapelt. Mindestens 20, schätzte er, eher mehr. In der Mitte des Raumes ein länglicher Tisch, gut zwei Meter lang, acht Stühle um ihn herum. Wimpel an den Wänden, Fahnen. Blau-schwarz. In der Ecke eine rote Fahne, zerrissen, verdreckt.

Gleich wird die Tür wieder aufgehen. Gleich wird der andere mit seinen Kumpels erscheinen. Das klärende Gespräch, die Aussprache konnte beginnen. Er wollte es hinter sich bringen, wollte den Kopf freibekommen. Sein Kopf musste frei sein. Besonders heute. Sonst würde das schiefgehen. Und heute durfte es nicht schiefgehen. Heute ging es um alles.

Aber die Tür blieb geschlossen. Nach einiger Zeit wurde er unruhig, drückte die Klinke nach unten, wollte die Tür aufdrücken, spürte einen Widerstand, erstarrte. Abgeschlossen! Die Tür war abgeschlossen. Er rüttelte an der Tür.

„Was soll das?", sagte er halblaut mehr zu sich selbst. Dann schrie er los, laut, durchdringend.

„Lasst mich hier raus, verdammt, macht die verflixte Tür auf, auf der Stelle!"

Seine Stimme klang nicht hysterisch, fand er, eher beherrscht. Genau, er durfte sich nicht aus der Ruhe bringen lassen. Ein Missverständnis, natürlich, ein Missverständnis, was denn sonst. Alles würde sich gleich aufklären. Nichts tat sich. Wer sollte ihn auch hören? Hier unten in den Katakomben? Er spürte, wie Panik in ihm hochkroch. Noch weit hinten, langsam, aber sicher, näherkommend. Unaufhaltsam.

Dann kann er sich nicht mehr beherrschen, trommelt mit den Fäusten an die Tür, lässt die Panik heraus, bietet ihr ein Ventil. Er tritt mit den Füßen gegen die Tür, wütend jetzt, wieder und wieder. Bis ein höllischer Schmerz in seinen großen Zeh fährt. Was macht er da denn? Das kann er sich nun wirklich nicht leisten. Er sinkt erschöpft in die Hocke, drückt seine Stirn gegen das Metall der Tür. Die Kühle tut gut. Er versucht, langsam zu atmen, will zur Ruhe kommen, will in aller Ruhe nachdenken.

Dann ging plötzlich das Licht aus. Es war dunkel. Stockdunkel. Und wieder fühlte er die Panik, kämpfte wieder dagegen an. Dieses Mal nicht mit blinder Wut. Er atmete ein, hielt die Luft in den Lungen, zählte bis drei, atmete aus. Einatmen, Luft anhalten, bis drei zählen, ausatmen. Einatmen, ausatmen. Er wurde ruhiger.

Wie spät mochte es jetzt sein. Mechanisch schaute er wieder auf seine Uhr. Er konnte nichts erkennen, versuchte, sich zu konzentrieren. Treffpunkt um 15 Uhr. Zehn Minuten Verspätung, höchstens 15, die knappe Begrüßung, der Weg in die Katakomben, der Klubraum der Ultras, die zugefallene Tür, sein Warten, die Dunkelheit, sein Rufen, sein Klopfen, seine Panik. Halb vier, Viertel vor vier? Später konnte es nicht sein. Obwohl er das Zeitgefühl verloren hatte. Bis zum Treffen um halb sechs hatte er noch genügend Zeit. Bis dahin war er längst hier draußen. Das würde klappen. Garantiert. Das musste klappen. Sonst würde er echte Probleme bekommen mit dem Chef. Wenn es um Pünktlichkeit ging, verstand der keinen Spaß.

ZWEI
„Verdammt, wo bleibt der nur. Muss der auf den letzten Drücker kommen? Ausgerechnet heute!"?

Der Chef schob den Ärmel seiner Trainingsjacke zurück und schaute auf die Uhr.

„Schon kurz vor halb sechs."

„Keine Panik, Chef. Du kennst doch Vladi."

Der Chef zog seine Jacke glatt und stellte sich neben die Liege, auf der der lag, der ihn gerade mit Chef angesprochen hatte.

„Natürlich kenne ich ihn, Mattes. Gerade weil ich ihn kenne, weil ich weiß, dass er von Disziplin nicht so viel hält, weil ich weiß, was heute alles auf dem Spiel steht."

„Genau deshalb, Chef", sagte Mattes. „Da wird schon nichts schiefgehen. Wenn es eng wird, hast du dich doch immer auf Vladi verlassen können."

Mattes Beine glänzten ölig.

„Locker bleiben, Mattes. Warum bist du so verkrampft?", sagte der kleine Dicke, der Mattes Waden und Oberschenkel bearbeitete.

„Letzte Woche hätten wir doch schon alles klarmachen können", sagte der Chef. „Dann würde es heute um nichts mehr gehen. Ein Schaulaufen, ein Klacks, eine Zugabe, egal, wie es heute ausgeht."

„Letzte Woche, Chef", sagte Mattes, „ist letzte Woche. Und heute ist heute. Wir wissen alle, um was es geht."

Der Chef schaute noch einmal auf seine Uhr, schüttelte den Kopf und verließ die Kabine.

DREI

„Jede Wette, deine Augen gewöhnen sich an die Dunkelheit", hatte sein Vater immer gesagt. Und wenn er in aller Frühe mit ihm zum Angeln losgezogen war, früher, dann hatte das auch gestimmt. Da konnte es noch so dunkel sein, nach wenigen Minuten hatten sich seine Augen an die Dunkelheit gewöhnt und er konnte mit jeder Minute, die verging, mehr erkennen. Aber das war im Freien gewesen, früher. Heute und hier in diesem Loch, in diesem Gefängnis ohne ein Fenster, in diesem Sarg unter der Erde, hier gewöhnten sich die Augen nicht an die Dunkelheit. Hier blieb die Dunkelheit schwarz und undurchdringlich. Egal, wie viele Minuten vergingen. Dabei konnte er beim besten Willen nicht sagen, wann eine Minute um war. Er hatte das Zeitgefühl verloren.

Er tastete sich vorwärts, vorsichtig, langsam. Flaschen stießen aneinander. Er musste an einen Bierkasten gestoßen sein. Das Scheppern des Glases kam ihm unwirklich vor. Der Kühlschrank, durchzuckte es ihn. Der stand doch direkt neben dem Bier. Er musste zum Kühlschrank, die Tür öffnen. Kühlschrank, Licht, Hoffnung. Alles andere würde sich finden. Er tastete sich weiter vor, Zentimeter für Zentimeter. Das glatte Metall des Kühlschrankes. Er fand den Griff auf Anhieb, riss die Tür auf. Es blieb dunkel. Aus dem Innern entströmte kühle Luft. Er tastete die Rückseite ab, fand die Stromleitung. Der Stecker war in der Steckdose. Die Sicherungen für den Klubraum mussten herausgedreht worden sein. Er hatte Pech. Eine Pechsträhne. Letzte Woche, warum hatte er sich nur so gehen lassen. Auswärtsspiel, mit einem Sieg hätten sie alles klarmachen können. Das Spiel heute hätte keine Bedeutung mehr gehabt, wäre lediglich der Auftakt für die ausgedehnte Aufstiegsfeier gewesen. Aber sie hatten überheblich, ja, richtig arrogant gespielt. Und sie hatten verloren, verdient verloren. Bei der Eintracht! Bei denen war es um nichts mehr gegangen. Die dümpelten seit Wochen schon im Niemandsland der Tabelle herum, hatten nichts mehr mit dem Abstieg zu tun, nach oben hin war auch nichts mehr drin. Die Fans, die massenweise zum Auswärtsspiel mitgefahren waren, hatten sie gnadenlos ausgepfiffen. Er hatte sich hinreißen lassen, war in die Fankurve gelaufen, hatte den treuen Fans, die den vorzeitigen Aufstieg hatten feiern wollen, seine Wasserflasche, fast leer und aus Plastik, entgegengeschleudert. Der Chef hatte ihn in der Mannschaftssitzung zur Schnecke gemacht. Vor allen anderen.

„Du kannst von Glück reden, dass du niemanden verletzt hast", hatte der Chef gesagt.

„Unsere Fans sind unser höchstes Gut", hatte der Präsident hinzugefügt.

Die Geldstrafe steckte Vladi locker weg, das war ihm egal. Aber das Bloßstellen, das Vorführen vor den anderen, das hatte ihn getroffen.

„Du biegst das wieder gerade", hatte der Chef gesagt. „Bald! Vor dem letzten Spiel ist die Sache vom Tisch."

Die Worte des Chefs hatten drohend geklungen.

Am nächsten Tag hatte der Typ vom Fanklub angerufen, hatte

um eine Aussprache gebeten. Hätte er doch nur nicht zugesagt. Wäre er doch einfach seinem ersten Impuls gefolgt. Ausgerechnet die Ultras! Die hatten nicht den besten Ruf. Aber die Worte des Chefs.

„Du biegst das wieder gerade."

Er hatte nicht mal gewusst, dass die Ultras einen offiziellen Klubraum unter dem Stadion hatten. Klar, nach dem Skandalspiel gegen die Kickers mit den Ausschreitungen waren in der Presse Gerüchte aufgekommen, aber die Vereinsführung hatte abgewiegelt, hatte sich von militanten Fans distanziert.

Und er hatte sich zu dieser Aussprache überreden lassen. Warum hatte er sich so provozieren lassen? Warum war er nicht wie alle anderen mit hängendem Kopf vom Platz geschlichen und kommentarlos in der Kabine verschwunden? Dann würde ihm der Dicke jetzt die Beine mit Öl einschmieren, er würde sich lockermachen, sich entspannen, sich voll und ganz auf das entscheidende Spiel konzentrieren. Er würde nicht in diesem Klubraum festsitzen, würde nicht in diesem Sarg tief unter der Erde eingesperrt sein. Noch dazu in undurchdringlicher Dunkelheit, an die sich seine Augen nicht gewöhnten. An die sich keine Augen der Welt gewöhnten. Vater hätte seine Wette verloren. Todsicher!

VIER

Der Chef hatte sich in sein Kabuff zurückgezogen. Wie immer vor einem Heimspiel. „Chefbüro" stand an der Tür. Er schaltete das Licht nicht ein, saß am Schreibtisch, hatte den Kopf auf die Hände gestützt, die Augen geschlossen. So saß er vor jedem Spiel da, versuchte alle Gedanken zu verdrängen, bis sich eine Leere breitmachte, eine Leere, die allen Stress mit fortspülte, eine Leere, die ihn zur Ruhe kommen ließ. Er brauchte dieses Abschalten. Sonst würde er die Zeit nach dem Anpfiff nicht durchstehen. Er würde zusammenbrechen, so groß war die Anspannung jedes Mal. Aber heute stellte sich die Leere nicht ein. Die Gedanken jagten durch seinen Kopf, ließen der Leere keinen Raum. Das letzte Spiel heute. Sie mussten gewinnen. Wenigstens ein Unentschieden. Das würde auch reichen. Ein lächerlicher Punkt und der Aufstieg war ihnen sicher. Aufstockung der Fernsehgelder, attraktivere Spiele, höhere Sponsorengelder, mehr Zuschauer. Das letzte Saisonspiel gegen die Spielvereinigung. Auf dem Papier ein Klacks. Die standen schon seit Wochen als Absteiger fest. Hatten eine Klatsche nach der anderen eingefangen. Wann hatten die das letzte Mal gepunktet? Wann hatten die zuletzt ein Tor geschossen? Auf dem Papier ein Klacks. Kein Problem eigentlich. Warum bloß konnte er nicht abschalten?

Es klopfte. Und sofort ging die Tür auf. Er wollte aufbrausen, lospoltern und sah ins Gesicht seines Co-Trainers, sagte nichts, deutete auf den Stuhl vor dem Schreibtisch. Sein Co blieb stehen.

„Keine gute Nachricht", sagte er nach einer Ewigkeit und schwieg.

„Ja, ja, ich hab`s schon mitbekommen, Vladi ist verschollen. Spielen wir eben ohne unseren zentralen Mann im Mittelfeld. Gegen die Spielvereinigung gewinnen wir auch so."

Der Co schüttelte den Kopf.

„Es geht nicht um Vladi. Obwohl das schon komisch ist, dass der so einfach verschwunden ist. Wie vom Erdboden verschluckt. Und sein Handy ist anscheinend ausgeschaltet. Oder es hat keinen Empfang."

Wieder schwieg er.

„Jetzt rück schon raus!"

„Der Axel. Liegt in der Kabine. Krümmt sich. Kotzt wie ein Weltmeister. Hat den flotten Otto. Was mit Magen-Darm, meint der Doc. Den Magen verdorben. Oder einen Infekt."

„Der war doch beim gemeinsamen Mittagessen."

„Stimmt. Aber am Essen wird`s wohl kaum liegen."

„Wie bist du dir da so sicher?"

„Alle haben davon gegessen. Die Spieler, du, ich, einfach alle. Hast du etwa Beschwerden? Mir ist zwar zum Kotzen zumute, aber das hat garantiert nichts, mit dem Mittagessen zu tun. Keiner hat Beschwerden."

„Du meinst also, das Essen ist nicht schuld? Ausgerechnet Axel. Unsere Stütze in der Innenverteidigung. Warum ausgerechnet der?"

Die letzte Frage konnte der Co-Trainer nicht mehr beantworten. Er hatte das Kabuff schon verlassen.

FÜNF

Er hatte sich weitergetastet. Hatte Stoff unter seinen Händen gefühlt. An manchen Stellen rau und brüchig. Ein leicht verbrannter Geruch drang ihm in die Nase. Sein Handy! Warum hatte er nicht schon früher daran gedacht? Er drückte auf den Touchscreen. Das Bild seiner Tochter erschien. Schon einige Monate her. Sie hatte sich verändert, sah ernster, erwachsener aus. Erwachsener? Was dachte er da zusammen? In zwei Wochen hatte sie Geburtstag. Den ersten. Plötzlich kam er sich verlassen vor. Jetzt bloß nicht sentimental werden! Er konzentrierte sich auf das Display. Kein Empfang! Logisch, hier unter der Erde. Der Akku war auch bald leer. Zu nichts zu gebrauchen, das Ding! Aber immerhin. Der Schein des Displays brachte ein klein wenig Licht in diese Dunkelheit. Und die Uhrzeit konnte er ablesen. Fünf nach sechs. Schon so spät? Also war er schon fast drei Stunden in diesem Sarg gefangen. Der Chef würde toben. Gerade heute! Das Fotolicht! Natürlich! Die Rettung! Rettung?

Mein Gott, was für ein großes Wort, durchzuckte es ihn.

Er drückte sich durch das Menü, bis er endlich bei der richtigen Funktion landete.

Und es ward Licht!

Er leuchtete den ganzen Raum ab, versuchte sich jede Kleinigkeit einzuprägen. Der Akku würde bald schlappmachen. Also jede Sekunde ausnutzen. Für das Spiel heute Abend wurde es langsam eng. Der Stoff. Der Brandgeruch. Eine riesige Fahne. Die Kickers-Fahne. Die Fahne ihrer Gegner. Ihrer Feinde. Den Kickers-Fans abgejagt. Die Fahne auf der Tribüne angezündet. Er erinnerte sich an das Foto im Rhein-Neckar-Anzeiger. Die Reste wie eine Jagdtrophäe aufbewahrt.

Februar. Beginn der Rückrunde. Das Skandalspiel. 1. FC Mannheim gegen die Kickers aus Kaiserslautern. Seine Mannschaft hatte null zu zwei verloren. Und trotzdem standen sie jetzt kurz vor dem

Aufstieg und nicht die Kickers. 12 000 Zuschauer damals. Rekord-kulisse für ein Viertligaspiel. Ausschreitungen. Schlägereien. Fest-nahmen. Vor dem Spiel. Während des Spiels. Danach. Ein Wahn-sinn. 1000 Polizisten im Einsatz. Verletzte. Aufseiten der Polizei. Bei den randalierenden Fans. Bei unbeteiligten Zuschauern. Ein echter Schweinskopf auf einer Stange mit einem Schal der Kickers. Im Mannheimer Fanblock. Und Feuerwerkskörper. Bei den eigenen Fans vor allem. Das Spiel stand auf der Kippe. In der zweiten Halb-zeit unterbrach der Schiedsrichter die Partie für 20 Minuten. Droh-te mit dem Abbruch. Er war zum Fanblock gelaufen, hatte ver-sucht, die aufgeheizten Fans zu beruhigen. Tagelang war das Skan-dalspiel das Gesprächsthema Nummer eins in Mannheim und Um-gebung. Ein Stadionverbot drohte. Ein Geisterspiel ohne Zuschauer stand zur Diskussion. Aber der DFB hatte beide Augen zugedrückt und es bei einer Geldstrafe belassen. Einer lächerlichen Geldstrafe. Die Kampagne der örtlichen Presse. Mangelnde Aufsicht. Wie kom-men massenweise Feuerwerkskörper ins Karl-Drais-Stadion? Vor-bei an den Ordnern? Vorbei an der Polizei, die jeden Besucher filzte? Das Gerücht. Klubraum der Ultras in den Katakomben. Vollge-stopft mit bengalischem Feuer, mit Krachern, mit Leuchtraketen. Umgehend das Dementi des Präsidiums.

„Die haben doch keinen Raum bei uns. Rufschädigung", hatte der Marketingchef gewettert und eine Gegendarstellung im Rhein-Neckar-Anzeiger verlangt.

„Alles Unsinn", hatte auch der Chef gesagt und abgewunken. Und er hatte ihm geglaubt. Jetzt wusste er, dass er zu gutgläubig gewesen war. Die Ultras hatten tatsächlich einen Raum. Und die Feuerwerkskörper? Er leuchtete die Pappkartons an, die sich bis unter die Decke stapelten. Es waren mehr als 20 Kartons. Viel mehr. Klar, die Kartons! Das Fotolicht wurde schwächer. Hektisch ließ er den Lichtschein durch den Raum wandern. Versuchte, sich alles einzuprägen. Jeden Stuhl, jede noch so unwichtige Kleinigkeit. Dann erlosch das Licht. Als Letztes glaubte er, mitten auf dem Tisch eine Kerze zu erkennen.

SECHS

„Chef, warten Sie!"

Der Chef ließ die Türklinke zur Mannschaftskabine los und drehte sich um. Der Mannschaftsarzt kam ihm entgegengelaufen. Er war außer Atem.

„Hiobsbotschaft", brachte er keuchend heraus.

„Bloß keinen Ausfall mehr, Doc", sagte der Chef und wusste doch schon, dass sich seine Bitte nicht erfüllen würde.

„Doch, Chef, der Ollie."

„Aber du hast mir doch versprochen, dass der ganz sicher spielen kann. Die kleine Adduktorenzerrung. Die wolltest du doch locker wegspritzen. Ganz sicher, das waren doch deine Worte."

„Hab ich auch gemacht. Wie immer. Wie ich es schon unzählige Male gemacht habe. Die Zerrung ist ja nicht das Problem."

„Jetzt rück schon raus, was los ist."

Die Stimme des Chefs klang ungeduldig.

„Noch nie hat es Schwierigkeiten gegeben, wenn ich gespritzt hab. Jetzt hat der einen Kreislaufkollaps. Ist nicht mehr ansprechbar. Ich musste den Notarzt rufen."

„Ausgerechnet der Ollie", sagte der Chef. „Unser Knipser. Ausgerechnet heute! Heute haben wir echt die Seuche!"

Weit entfernt war die Sirene des Notarztwagens zu hören. Der Ton kam schnell näher. Drei zentrale Spieler fielen aus, durchzuckte es den Chef plötzlich. Der Topstürmer, der Strippenzieher im Mittelfeld, der Organisator der Abwehr. Konnte das Zufall sein? Was soll`s, versuchte er, den Zweifel wegzuwischen. Das Spiel gewinnen wir auch so. Die hauen wir weg. Wir müssen gewinnen. Wir wollen aufsteigen. Und zur Not reicht ja auch ein Unentschieden.

SIEBEN

Die Kerze auf dem Tisch verbreitete ein heimeliges Licht. Fast gemütlich, dachte er. Um ihn herum lagen aufgerissene Kartons. Wie in Trance hatte er einen Karton nach dem anderen aufgerissen, hatte den Inhalt herausgezogen und zu einem Berg aufgeschichtet. Hatte sich in einen Rausch gesteigert, erst aufgehört, als alle Kartons geöffnet waren. Wie hatten die Ultras es fertiggebracht, diese Menge an Feuerwerkskörpern ins Stadion zu schmuggeln? Draußen wurde es lauter. Er wunderte sich über die Akustik in seinem Sarg. Da kontrolliert die Polizei fleißig und unermüdlich jeden Besucher des Karl-Drais-Stadions. 1500 Beamte waren nach dem Skandalspiel gegen die Kickers beim nächsten Heimspiel aufgeboten worden. Ein einsamer Rekord, reif fürs Guinnessbuch. Dabei waren die Knallkörper längst im Stadion! Der Stadionsprecher gab die Mannschaftsaufstellung durch.

„Mattes", schrie der Sprecher.

„Schmiiieeeeder", vervollständigten die Fans.

„Bernd", gab der Sprecher vor.

„Geeerbeeer", brüllten die Fans.

Der letzte Name. Gerber, das ewige Talent, der Ersatzspieler, der in keinem Spiel der Saison von Anfang an zum Einsatz gekommen war, der üblicherweise die letzten fünf, zehn Minuten spielte, wenn überhaupt. Vladimir. Sein Name war nicht genannt worden. Was würde der Chef denken? Aber er war ja nicht schuld. Er konnte ja nichts dafür. Er war nicht freiwillig hier. Er wurde ja gegen seinen Willen festgehalten. Niemand hatte ihn gefragt. Warum um alles in der Welt hielten die Ultras ihn hier fest? Wollten sie ihn für seine Aktion letzte Woche bestrafen? Wollten sie verhindern, dass er zum Einsatz kam? Wollten sie, dass seine Mannschaft ohne ihn aufsteigen würde? Gerade heute im alles entscheidenden Spiel? Bei dem so viel auf dem Spiel stand! Das ergab alles keinen Sinn. Die Ultras, das waren Fanatiker, die ließen die Sau raus. Die schlugen über die Stränge, wenn ihre Mannschaft siegreich war, genauso, wenn sie ein Spiel verlor. Nur richtete sich dann ihre Wut gegen die eigene Mannschaft. Die konnten auch schon mal gewalttätig sein. Aber sie waren Fans des 1. FC Mannheim. Sie wollten, dass ihre Mannschaft gewinnt. Dass ihre Mannschaft aufsteigt. Dazu passte es nun mal nicht, dass sie den Spielmacher gefangen hielten, außer Gefecht setzten. Der Typ, der ihn in die Katakomben geführt hatte. Der Typ, den er vorher noch nie gesehen hatte. Die Mannschaftsaufstellung. Etwas machte ihn stutzig. Er versuchte sich zu konzentrieren, ging die Namen durch, die der Stadionsprecher genannt hatte, einmal, zweimal. Beim dritten Durchgang machte es klick. Er war nicht der einzige Spieler, der heute fehlte. Der Ollie und der Axel, die fehlten auch. Drei Stützen, das Korsett der Mannschaft, wie der Chef immer sagte. Was war da los? Ging das alles mit rechten Dingen zu?

ACHT

Der Mann in dem dunklen Anzug und dem schwarzen Hemd schob sich die Sonnenbrille in die Haare, dann den Wettschein über den Tresen. Der Mann hinter dem Tresen überflog den Wettschein, wollte ihn schon weglegen, pfiff dann aber durch die Zähne und schaute sich den Schein genauer an.

„Ergebniswette", sagte er mehr zu sich selbst. „Mutig. Alle Achtung. Auswärtssieg für den Außenseiter! 1. FC Mannheim gegen die Spielvereinigung Worms eins zu zwei. Das gibt Kohle, bei der Quote, Faktor eins zu sechs."

Der Mann in dem dunklen Anzug verzog keine Miene, zählte die 50 000 auf den Tresen, schob den Durchschlag seines Wettscheines in die Jackentasche, nickte dem Mann hinter dem Tresen kaum merklich zu, zog seine Brille aus den Haaren und verließ das Wettbüro in den H-Quadraten.

NEUN

Die Kerze verbreitete noch immer ihr warmes Licht, aber sie war schon ziemlich heruntergebrannt. Er hoffte, dass sie bis zum Ende des Spiels durchhalten würde. Das wirklich entscheidende Spiel im Karl-Drais-Stadion, das schon bessere Zeiten gesehen hatte, als der 1. FC Mannheim ganz oben mitgemischt hatte. Anpfiff. Es hatte mit einer Schrecksekunde angefangen. Elfer für die Spielvereinigung in der vierten Spielminute. Er hielt die Luft an, aber Schmieder parierte. Er bekam hier unten in seinem Gefängnis alles mit. Zwar sah er nichts, dafür hörte er alles umso deutlicher. Sein Gefängnis? Sein Sarg! Er kam sich vor wie in einem Sarg. Zwei Minuten vor der Pause, Freistoß für seine Mannschaft. Es musste eine gute Entfernung sein. Strafraumgrenze tippte er. Vorausgegangen war ein Angriff seiner Mannschaft, zuerst ein Geraune, dann ein ohrenbetäubendes Pfeifkonzert. Ein Spieler seiner Mannschaft musste in aussichtsreicher Situation gefoult worden sein. Dann die Stille. Ein enttäuschtes Aufstöhnen. Gleich darauf der Torjubel. Die Erlösung!

„Freistoß von Keller an den Pfosten", gab der Stadionsprecher durch. Die Stimme des Sprechers wurde lauter, höher.

„Abstauber von Bernd ..."

„Geeerbeeer", schrie die Menge. Er jubelte mit. Dann der Halbzeitpfiff. Endlich, dachte er. Und: jawohl! Seine Kollegen hatten viele Chancen vergeben. Er sah den Chef vor sich, der wie Rumpelstilzchen in der Coachingzone herumtobte. Aber sie führten. Sie würden sich das Spiel nicht mehr aus der Hand nehmen lassen. Sie würden aufsteigen. Darauf würde er sein letztes Hemd verwetten.

Während er die Kerze vorsichtig auspustete, um sie für die zweite Halbzeit zu schonen, schlürfte der Mann in dem dunklen Anzug im Café Journal am Marktplatz seinen Espresso und presste sein Handy ans Ohr. Er machte einen entspannten Eindruck und nickte immer wieder. Es lief alles nach Plan.

Zehn

Was für eine zweite Halbzeit! Die Kerze war heruntergebrannt. Er hatte sich in eine Ecke verkrochen und sein Gesicht in den Händen vergraben. Bis zur 80. Minute war das Spiel vor sich hingeplätschert. Seine Mannschaft musste, eine andere Erklärung hatte er nicht, seltsam verhalten und passiv gespielt haben. Lustlos, dachte er, aber er wusste, dass dies nicht der passende Ausdruck war. Die Zuschauer hatten immer lauter gepfiffen.

„Aufhören! Aufhören!"

Und: „Wir wollen euch kämpfen sehen!"

Die Rufe wurden lauter und lauter.

Dann, in der 81. Minute, der Ausgleich nach einer Standardsituation. Ecke, Mattes greift daneben, der baumlange Innenverteidiger der Spielvereinigung, ein knallharter Spieler, brauchte mit seinem Eisenschädel nur einzunicken. Und zwei Minuten vor Ende der regulären Spielzeit wieder Elfmeter für den Gegner. Handspiel von Gerber im eigenen Strafraum. Was zum Teufel hatte der da zu tun? Der sollte den Ball gefälligst auf der anderen Seite im Tor versenken! Wieder der Innenverteidiger. Schickt Schmieder ins rechte Eck. Schiebt den Ball seelenruhig links rein. Den Aufstieg konnten sie vergessen. Sie würden kein Tor mehr schießen, er spürte es. Egal, wie lang die Nachspielzeit war. Der Lärm, der von draußen kam, war unerträglich. Er presste seine Hände auf die Ohren. Es half nichts. Sein Kopf drohte zu zerspringen. Er bekam keine Luft mehr. Glaubte zu ersticken. Bekam Platzangst. Trat gegen den Spind. Hämmerte an die Metalltür. Der Sarg. Der Sarg erdrückte ihn. Er musste hier raus. Raus! Raus! Es graute ihm in seinem Sarg. Hatte der Schiedsrichter schon abgepfiffen? Er schlug mit der Stirn gegen die Metalltür. Wieder und wieder. Spürte den Schmerz nicht. Die Menge draußen war außer Rand und Band. Plötzlich hielt er die Streichhölzer in der Hand. Sie hatten neben der Kerze auf dem Tisch gelegen.

„Das alles kann kein Zufall sein", schrie er in die Dunkelheit.

Er riss ein Streichholz an und hielt es an einen Feuerwerkskörper.

„Ich muss mich bemerkbar machen!"

Es war kein Zufall, dass er hier weggesperrt war. Da hatte jemand verhindert, dass er mitspielen konnte. Es war kein Zufall, dass Axel und Ollie nicht mitgespielt hatten. Die hatten die beiden außer Gefecht gesetzt. Drei Stützen der Mannschaft!

„Verdammt, die müssen mich hier finden!"

Seine Stimme überschlug sich. Es graute ihm in seinem Sarg. Bengalisches Feuer erhellte die Dunkelheit.

Die? Wer waren die? Auf jeden Fall waren die durchtrieben. Erfindungsreich. Skrupellos. Das war der letzte Gedanke, der ihm durch den Kopf ging. Dann wurde der Lärm von draußen übertönt von unzähligen Detonationen mitten im Raum. Die Dunkelheit war weg. Gleißende Helle nahm ihn in die Arme.

ELF
Der Mann im dunklen Anzug klappte sein Handy zusammen und ließ es in seine Jackentasche gleiten. Er winkte der Bedienung.

Alles war exakt nach Plan gelaufen. Schlicht und einfach perfekt. Kein Wunder. Er hatte schließlich alles bis ins Kleinste genau durchorganisiert. Und das Wichtigste: Die Quote stimmte! Er konnte einen satten Gewinn einstreichen. Die Unkosten? Peanuts! Er zahlte und verließ das Café. Lediglich der Arzt war unverschämt gewesen. Hatte sich nicht mit den angebotenen 2000 zufriedengegeben. Hatte viel mehr gefordert. Sie hatten sich auf fünf Riesen geeinigt. Er schaute in den Himmel. Strahlend blau. Das nächste Ding würden sie ohne einen Arzt durchziehen. So ein Koch war viel billiger. Und genauso effektiv. Beim Deal mit dem Fanbeauftragten hatte er sich gewundert, wie leicht es gewesen war. Genial. Diese Idee müsste man sich doch glatt patentieren lassen.

Frohe Ostern

Er war gefährlich. Sie hätte nicht sagen können, wie und warum. Seit sie ihn kannte, spürte sie diesen Kitzel, diesen Gefahrenkitzel, der ihrem Wesen entgegenkam. Sie hatte das Gefühl, wirklich zu leben, zum ersten Mal in ihrem Leben. Zum allerersten Mal. Was sie beide verband, das war nicht nur irgendeine banale Affäre, das war mehr.

„Das mit uns beiden, das war mal etwas ganz Besonderes. Was ist nur daraus geworden? Pausenlos hängst du vor dem Bildschirm. Rund um die Uhr. All die Nataschas und Chantals und Lolas. Von diesen Irinas und Yvonnes ganz zu schweigen. Du bist nicht mehr ansprechbar. Was bist du nur für ein Gockel geworden!"

Erst flogen Worte. Dann flog ein Messer durch die Luft. Er hielt plötzlich eine Pistole in der Hand. Weiß der Teufel, wie sie da hingekommen war. Er ist gefährlich, dachte sie noch. Sie hatte es geahnt. Sie wollte aus der Küche flüchten. Er packte sie von hinten um die Hüfte, klammerte sich fest und zog sie zu sich heran.

„Du bist verrückt!", schrie sie.
Er presste ihr von vorne die Pistole auf den Bauch.
„Hör auf damit", schrie sie.
Er wuchtete seinen Unterkörper fest an ihr Gesäß. Sollte das schon alles gewesen sein?
„Fer disch brauch isch kän Profikiller! Disch Schlamb mach isch selwer ferdisch!", brüllte er. Sie war erstaunt, dass es so schnell zu Ende gehen sollte. Mit den Worten „Frohe Oschdern" drückte er ab.

Die Beerdigung findet am kommenden Freitag statt. Sie hätte gerne daran teilgenommen. Der Arzt erlaubt es nicht. Ein glatter Durchschuss. Keine Organe verletzt. Wie durch ein Wunder. Aber der hohe Blutverlust. Sie müsse sich noch schonen.

Innig und vertraut

EINS

„Was ist passiert?", fragte sie.

Sie stand vor dem Bett. Hielt die Hände nach oben. Als flehte sie um einen Beistand, der von dort kommen sollte. An den Händen klebte Blut. In der rechten Hand war ein Messer. Blutig.

„Ich habe nichts damit zu tun", sagte sie.

Auch Deckbett, Kopfkissen und Laken waren blutig. Weißes Bettzeug. Blütenweiß. Blutverschmiert.

„Was ist passiert?", sagte sie und hielt ihre Hände immer noch vor sich. „Ich weiß nicht, was passiert ist."

Mitten auf dem Bett lag ein Mann. Sein Nachthemd, ein blaugestreiftes, war hochgerutscht. Die rote Mütze mit dem weißen Bommel war verrutscht und verdeckte sein linkes Auge. Der Mann war alt. Und wie er so dalag, die Beine angewinkelt, die Hände vor die Brust gepresst, sah er hilflos aus.

„Wer ist der Mann?", sagte sie. „Ich kenne ihn nicht."

Dann ließ sie die Hände sinken, das Messer rutschte ihr aus der Hand und schlug mit einem leisen Klacken auf dem Parkett auf. Der Mann auf dem Bett war übersät von Einstichen.

„Wie kommt der Mann in mein Bett?", sagte sie und drehte sich um. Sie ging einige Schritte in Richtung Tür, blieb stehen und machte kehrt.

„Wo bin ich? Wie bin ich in dieses Zimmer gekommen?"

Die Pflegerin legte den Arm um die Frau und sagte: „Es ist alles gut, Frau Nadler. Alles ist gut."

ZWEI

Kriminalhauptkommissar Leo Lauer parkte seinen Skoda auf dem Parkplatz vor dem Altenpflegeheim „Maria Segen". Der Wagen kam in die Jahre, die 150 000 waren überschritten, aber da Reparaturen ausblieben, sah Lauer keine Veranlassung, sich nach einem neuen Auto umzusehen. Der Kommissar deutete durch die Windschutzscheibe auf den Weihnachtsbaum, der links neben dem Eingang stand, eine mit Lichtern geschmückte Tanne, die bestimmt zehn Meter maß. Ein stattlicher Baum. Früher mal. Jetzt sah er armselig aus. Die Spitze fehlte, bestimmt zwei Meter.

„Ist das nicht der Gipfel?", sagte Lauer, „Da sägen die da vorm Altenheim den Weihnachtsbaum ab."

Julian Meißner, ebenfalls als Hauptkommissar bei der Kriminalpolizei in Mannheim tätig, fragte sich, wen sein Kollege wohl mit „die da" meinte. Das Wort „Altenheim" brachte ihn jedoch auf andere Gedanken.

„Erinnerst du dich noch an die Serie von Todesfällen vor einigen Jahren?", sagte Meißner beim Aussteigen.

„Richtig", sagte Lauer. „Daran entsinne ich mich noch. Mehrere Todesfälle in kurzer Zeit. 2006 oder 2007 muss das gewesen sein. Und dann der mysteriöse Tod eines Pflegers."

„Niedergeschlagen und im Teich ertränkt? Oder unglücklich gestürzt und ertrunken? Verbrechen oder tragischer Unfall?"

„Die Gerichtsmedizin war damals keine wirkliche Hilfe. Der Fall wanderte zu den ungelösten Fällen", sagte Lauer. „Ich war mir sicher, dass ein Verbrechen vorlag."

„Dafür soll es heute eindeutig sein", sagte Meißner. „Ein Heimbewohner erstochen."

Lauer sah vier Mädchen, die auf die beiden Kommissare zuliefen. Sie schienen aufgeregt.

„Da vorne im Gebüsch liegt was Totes", sagte das kleinste der vier Mädchen, die alle um die zehn, elf Jahre waren.

„Haben die Kollegen nicht was von einem Toten in einem Pflegezimmer gesagt?", wandte sich Meißner an Lauer.

„Geh schon mal vor, Julian, sagte der. „So, dann zeigt ihr mir mal, was ihr da Totes entdeckt habt."

Es handelte sich um einen toten Vogel, eine Amsel, auf der kleine weiße Würmchen wuselten. Außerdem stank die Amsel entsetzlich.

Leichen stinken alle gleich, dachte Lauer, egal ob Menschenleiche oder Tierkadaver. Er versuchte, nicht durch die Nase zu atmen.

„Sucht euch eine Schaufel und beerdigt den armen Vogel ordentlich, das hat er verdient", sagte Lauer.

Als er den Eingang erreichte, drehte er sich noch einmal um und sah nach den Mädchen. Zwei suchten wohl nach einem geeigneten Bestattungsort. Zwei rannten zur Pforte des Altenpflegeheims, wahrscheinlich um sich eine Schaufel auszuleihen. An der Information wollte er sich nach dem Todesfall erkundigen, aber der Pförtner kam ihm zuvor.

„Zweiter Stock, Zimmer 217."

„Woher wissen Sie?"

„Dass Sie nicht wegen des geschändeten Weihnachtsbaumes hier aufkreuzen, versteht sich von selbst. So ein Vandalismus interessiert die Kripo doch nicht."

DREI

„Frau Nadler hat das nicht getan!"

Der Satz, den die Altenpflegerin, die Lauer und Meißner gegenübersaß, ausgesprochen hatte, war keine Aussage. Er hörte sich an wie ein Befehl. Lauer sah das dicke Ausrufezeichen am Ende vor sich. Widerspruch war undenkbar.

„Nie und nimmer!"

Die Frau, auf deren Namensschild „Frau Richter" stand, war aufgestanden und stemmte ihre Hände in die Hüften.

So steht sie vor uns, dachte Lauer, wie jemand der die Wahrheit kennt und verkündet.

„Nehmen Sie doch bitte wieder Platz", bat Meißner sie höflich.

„Uns geht es im Moment nicht um Schuldzuweisungen oder Verurteilungen", sagte Lauer. „Zuerst möchten wir uns ein Bild davon machen, was passiert ist."

Und so erfuhren die beiden Kommissare, wie Frau Richter am Morgen ins Zimmer von Frau Nadler gekommen war, wie sie die alte, demente Frau mit blutigen Händen, in der rechten das blutige Messer, vorgefunden hatte, wie sie den Herrn Reisinger im Bett der Frau Nadler gesehen hatte. Mit zahlreichen Einstichwunden. Lauer war beeindruckt, wie plastisch Frau Richter die Situation beschreiben konnte.

„Ist es üblich, dass Heimbewohner in fremden Betten nächtigen?", fragte Meißner, der sich Mühe gab, seine Frage unverfänglich klingen zu lassen.

„Natürlich nicht. Als ich kurz vor Mitternacht einen Blick in Frau Nadlers Zimmer warf, lag sie friedlich schlafend in ihrem Bett. Allein. Das möchte ich betonen."

„Was ist Frau Nadler für eine Frau?", fragte Lauer. „Erzählen Sie uns von ihr."

Die beiden Kommissare erfuhren, dass Frau Nadler seit fast drei Jahren Heiminsassin war. Insasse, Lauer kannte den Begriff eher in einem anderen Zusammenhang. Dass ihre Demenz in dieser Zeit fortgeschritten sei. Anfangs habe sie noch viele klare Momente gehabt, jetzt nur noch selten. Damals habe ihre Tochter sie noch besucht, jeden zweiten Tag. Vor einem Jahr die Heirat der Tochter, späte Liebe mit über 60, Umzug zu ihrem Mann nach Australien, nach Sydney. Im April, vor mehr als einem halben Jahr, der letzte Besuch. Frau Nadler habe unter dem Verlust der Tochter gelitten. Umso mehr habe sie, also Frau Richter, sich gefreut, als Herr Reisinger letzten September ins Heim gekommen sei. Herr Reisinger sei 84 Jahre, genauso alt wie Frau Nadler. Herr Reisinger sei im Kopf noch vollkommen klar, aber bewegungsmäßig sei er ein wenig eingeschränkt, Arthrose, auf den Rollator angewiesen. Rührend habe er sich um Frau Nadler gekümmert.

„Innig und vertraut. Wie ein altes Ehepaar", sagte die Altenpflegerin.

Frau Nadler habe kein Motiv gehabt, Herrn Reisinger zu töten. Im Gegenteil, sein Ableben schade ihr selbst am meisten.

Ableben, dachte Lauer. Interessante Formulierung in diesem Kontext.

Frau Richter schnäuzte sich in ein rosafarbenes Stofftaschentuch.

„Wir waren natürlich froh, dass Herr Reisinger uns entlastete. Sie glauben ja nicht, was hier los ist. Unterbesetzt sind wir. Der reinste Stress, die Arbeit hier."

„Was für ein Mensch ist Frau Nadler?"

„Eine herzensgute Frau. Jammert nie. Ist immer freundlich.

Trägt ihre Krankheit mit großer Würde. Nie und nimmer ist sie zu so einer Tat fähig. Außerdem hat sie kein Motiv. Mit Herrn Reisinger verstand sie sich prächtig. Sie hatte kein Motiv!"

Lauers Handy klingelte. Susanne Dobler, sah er auf dem Display. Vielleicht gab es neue Erkenntnisse in dem Todesfall in einem Getreidespeicher im Mühlauhafen. Seit Tagen beschäftigte sie der Fall, ohne dass ihnen bisher der Durchbruch gelungen war. Verbrechen oder Unfall, das war die Frage. Und ohne Obduktionsbericht kamen sie nicht weiter. Und der war seit Tagen überfällig. Verbrechen oder Unfall? Wie beim Tod des Pflegers im Froschteich, dachte Lauer und drückte auf die Empfangstaste.

„Der Empfang hier drinnen ist schrecklich", sagte die resolute Altenpflegerin. „Besser Sie gehen nach draußen."

„Ich verstehe dich kaum, Susanne", sagte er. „Einen Moment, ich gehe ins Freie. Bleib dran."

Lauer entschuldigte sich und machte, dass er vor die Tür kam.

VIER

„Neuigkeiten?", fragte Lauer die junge Kollegin.

Hier draußen vor dem Altenpflegeheim war der Empfang vorbildlich. Links von der Eingangstür standen die vier Mädchen in den Rabatten und waren mit Schaufel und Handrechen zu Gange. Wo sie die auf die Schnelle besorgt hatten, wusste Lauer nicht. Aber im Organisieren waren sie Spitze. Das musste er zugeben.

Nein, es gebe keine neuen Erkenntnisse, nein, der Obduktionsbericht vom Getreidespeicher lasse noch auf sich warten.

Susanne Dobler konnte nicht mit Neuigkeiten aufwarten, sie fragte nur an, ob Meißner und er, Lauer, sie zum Mittagessen begleiten wollten. Lauer schaute auf die Uhr. Halb zwölf vorbei.

„Damit wird es heute nichts. Gewaltsamer Todesfall im Altersheim. Ich weiß nicht, wie lange das noch dauert."

Er legte auf und trat zu den Mädchen, die den Vogel inzwischen unter die Erde gebracht, das Grab mit kleinen Steinen eingefasst und mit Blütenblättern bestreut hatten. Ein kleines Holzkreuz schmückte die Ruhestätte der unglücklichen Amsel. Lauer fand es ein wenig übertrieben, sagte aber nichts. Verblüfft sah er, wie die Mädchen sich an den Händen anfassten und die Kleine, die ihn vorhin angesprochen hatte, sagte: „Beten wir für den Vogel."

„Vater Unser im Himmel", sprachen sie im Chor und mit lauter Stimme. „Geheiligt werde dein Name ..."

Das war Lauer jetzt doch zu viel.

„Der Vogel war kein Christ. Singt ihm doch ein Lied."

Die Mädchen überlegten kurz.

„Ihr Kinderlein kommet", stimmten sie zusammen an.

Pfiffige Kinder, dachte Lauer, obwohl er „Alle Vögel sind schon da" passender gefunden hätte. Er schob sein Handy in die Jackentasche zurück und machte sich auf den Rückweg. Abrupt drehte sich noch einmal um. Die Mädchen hatten sich jetzt wieder an den Händen gefasst und setzten das Gebet, nun in verminderter Lautstärke, fort.

„Dein Reich komme. Dein Wille geschehe."

Warum eigentlich nicht, sagte er sich. Was geht es mich an, auf welche Art und Weise vier kleine Mädchen eine halb verweste Amsel unter die Erde bringen.

„Wie im Himmel, so auf Erden."

FÜNF

Lauer kam zurück in das Büro, das als Vernehmungszimmer umfunktioniert worden war. An dem Platz, an dem gerade noch Frau Richter gesessen hatte, saß jetzt ein schmaler, kleiner Mann in weißem Kittel.

Ein Männlein, dachte Lauer.

Dr. Ehrmann, las er auf dem Schild am Kittel.

„Der behandelnde Arzt von Frau Nadler", sagte Meißner. „Nach allem, was wir bisher gesehen und gehört haben, deutet vieles auf Frau Nadler als Täterin hin."

Lauer schaute dem Arzt ins Gesicht. Der blickte emotionslos zurück und schwieg.

„Helfen Sie uns auf die Sprünge", sagte Meißner schließlich.

„Womit?", fragte der Arzt.

Lauer beherrschte sich.

„Kommt Frau Nadler als Täterin infrage?", fragte Meißner genauso ruhig, wie er immer bei Vernehmungen war.

„Wollen Sie mich auf den Arm nehmen?", fragte der Arzt.

„Herr Dr. Ehrmann", fing Lauer an.

„Wir sind Laien, Herr Doktor", sagte Meißner. „Ich formuliere meine Frage möglichst präzise. Sind Demente zu Gewalttaten fähig."

„Klar! Unbedingt sind Demenzkranke dazu fähig. Das Langzeitgedächtnis funktioniert ja noch. Gerade bei Frau Nadler, die in der Vergangenheit lebt. Nur das Kurzzeitgedächtnis ist nicht mehr gut."

SECHS

Am Abend saß Lauer auf der Bank in seinem Garten und legte ein Stück Holz in den Feuerkorb. Er hätte es auch gut ohne die Wärme des Feuers ausgehalten, aber er liebte das Knistern der Flammen. Es war Sonntag, der siebte Dezember, ein Tag nach Nikolaus. Und er saß immer noch im Freien und genoss den Pfälzer Weißburgunder. Der Herbst war in diesem Jahr ziemlich mild gewesen, jetzt hatte der Winter noch immer nicht die Oberhand gewonnen. Das Thermometer zeigte noch sechs Grad, obwohl es auf einundzwanzig Uhr zuging. Der Kater lag in sicherer Entfernung vor der Küchentür. Den Teller mit der Lammpastete hatte er leergeleckt. Jetzt schnurrte er zufrieden vor sich hin und streckte alle Viere von sich.

In meinem nächsten Leben werde ich Kater, dachte Lauer. Aber nur bei mir.

Er sah das Zimmer der Frau Nadler vor sich, das Bett, das blutige Bettzeug, die Leiche in ihrem Blut. Die verrutsche Nikolausmütze. Es war der erste Eindruck, den er wahrgenommen hatte, als er auf der Schwelle des Zimmers stehen geblieben war. Er schloss die Augen. Und dann tauchte Frau Nadler auf, erst schemenhaft und verschwommen, dann immer klarer werdend. Frau Nadler mit den blutverschmierten Händen und dem Messer. Der Tatwaffe. Und dann verschwammen die Wände, der Parkettboden, das Bett mit der Leiche, die Silhouette der Frau Nadler, bis nur noch die beiden

Hände übrig blieben. Das Bild hatte sich eingebrannt in seine Gedanken. Ein Bild, das er mit seinen eigenen Augen nicht gesehen hatte. Ein Bild, das er nur aus den Erzählungen der Altenpflegerin kannte.

Den toten Herrn Reisinger im Bett mit dem gestreiften Nachthemd und der Nikolaus, den hatte er mit eigenen Augen gesehen.

„Ist es hier üblich, dass die …", hatte Lauer gezögert, „die männlichen Insassen als Nikolaus verkleidet herumlaufen?"

„Nein, das ist hier nicht üblich", hatte Frau Richter geschnaubt. „Aber Herr Reisinger hat dieses Jahr den Nikolaus gegeben, sehr überzeugend, mit großer Hingabe."

Nicht die Nikolausmütze, die blutigen Hände haben sich eingebrannt in meine Gedanken, sagte Lauer sich, festgebissen wie eine Zecke, die ich nicht losbekomme. Obwohl ich sie nicht einmal gesehen habe.

Und noch etwas ließ ihn nicht zur Ruhe kommen, draußen auf dem Balkon. Er überlegte, was es sein könnte, er kam nicht drauf. Eine Geste der Altenpflegerin? Oder irgendetwas, was sie gesagt hatte? Er öffnete die Augen. Der Platz vor der Küchentür war leer. Der Kater hatte sich auf seinen allnächtlichen Streifzug begeben. Lauer nahm einen weiteren Schluck vom Weißburgunder. Es war eine Aussage von Frau Richter. Da war er sich jetzt sicher. Sein Glas war fast leer. Wie ein altes Ehepaar hätten die beiden gewirkt, Frau Nadler und Herr Reisinger. Innig und vertraut.

SIEBEN

Am nächsten Morgen gegen halb elf saß Lauer an seinem Schreibtisch und las den Obduktionsbericht zum Todesfall im Getreidespeicher zum zweiten Mal. Tod durch Ersticken. Keine Fremdeinwirkung. Tragischer Unglücksfall. Die Aussagen waren eindeutig. Dr. Julia Langner, Ärztin vom Institut für Rechtsmedizin in Heidelberg, war sich ihrer Sache sicher. Die Akte konnte geschlossen werden und Lauer hatte keine Zweifel. Anders als beim Tod des Pflegers im „Maria Segen" vor einigen Jahren.

Die Dienstbesprechung war verlaufen wie immer.

„Einen wunderschönen Morgen Ihnen allen."

Mit seinem Standardspruch hatte der Erste Hauptkommissar Clement, Leiter des Dezernates KK 11, die morgendliche Besprechung um Punkt halb neun, wie jeden Tag, eröffnet. Da um diese Zeit der Obduktionsbericht noch nicht vorgelegen hatte, war dieser Punkt schnell abgehandelt gewesen. Blieb der Tote im Altenpflegeheim.

„Die Indizien sind glasklar", sagte Clement. „Die Nadler hat den Reisinger erstochen. Wenn uns die Auswertung der DNA-Spuren vorliegt, werden wir Gewissheit haben."

„Sollen wir jetzt ins Altenpflegeheim fahren und die Frau verhaften?", fragte Lauer und es klang provozierend.

„Mein lieber Lauer", sagte Clement betont ruhig. „Frau Nadler kann für die Tat, die sie verübt hat, nicht zur Rechenschaft gezogen werden."

Es folgte eine Abhandlung über Paragraf 20 des Strafgesetzbuches über Schuldunfähigkeit wegen seelischer Störung. Aus dem Stegreif, versteht sich! Ohne Schuld handele, wer bei Begehung der Tat wegen einer krankhaften seelischen Störung, wegen einer tief greifenden Bewusstseinsstörung oder wegen Schwachsinns oder einer anderen seelischen Abartigkeit unfähig sei, das Unrecht der Tat einzusehen oder nach dieser Einsicht zu handeln.

„Sind wir hier in einer juristischen Vorlesung", flüsterte Lauer Meißner zu. Der legte den Finger auf den Mund.

Krankhafte seelische Störungen, dazu gehörten alle auf einem hirnorganischen Prozess beruhenden Erkrankungen, wie z.B. chronische degenerative Erkrankungen des Zentralnervensystems, also auch Alzheimer und senile Demenz. Clement war am Ende seines Vortrags angelangt.

„Die Frau kann für ihre Tat nicht bestraft werden?", sagte Susanne Dobler.

Clement bewegte seinen Kopf hin und her.

„So kann man das ausdrücken, Kommissarin Dobler. Ganz so einfach ist es aber nicht."

Zunächst habe das Gericht die Möglichkeit, bei schuldunfähigen oder vermindert schuldfähigen Tätern die Unterbringung in einer geschlossenen psychiatrischen Anstalt anzuordnen.

„Paragraf 61 folgende Strafgesetzbuch", fügte er hinzu.

„Das Motiv. Was für ein Motiv hatte die Frau?", fragte Meißner.

„Motiv. Motiv", sagte Clement. „Interpretieren Sie nicht so viel da hinein. Der Fall ist sonnenklar. Bei einer dementen Frau, was sollte das Motiv da für eine Rolle spielen?"

Clement legte eine Pause ein.

„Gar keine Rolle spielt das! Und wenn sie ein Motiv gehabt haben sollte, dürfte sie es im nächsten Augenblick schon wieder vergessen haben."

Niemand stimmte in Clements Lachen ein.

ACHT

Die Tür zu Lauers und Meißners Büro wurde aufgerissen, ohne dass es vorher geklopft hatte. Herein stürmte Kollegin Dobler.

„Ich hab's", rief sie.

„Was hast du?", sagte Lauer.

„Das Motiv! Ich weiß, warum Frau Nadler Herrn Reisinger umgebracht hat."

„Raus damit!", sagte Lauer.

„War ganz einfach", sagte Dobler.

Und so erfuhren die beiden die Geschichte der Traudel Nadler und des Alfred Reisinger. Beide 1928 in Oberschlesien geboren.

„Schlesien Ober", sagte Meißner und rollte das R.

„Beide verschlägt es nach Vertreibung und Flucht nach Mannheim. 1949 lernen sie sich auf dem ersten Maimarkt nach dem Zweiten Weltkrieg kennen, damals noch im Rosengarten. Alfred schwängert Traudel, im März 1949 ist Hochzeit, im Mai kommt die Tochter zur Welt."

„Wie? Was?", sagte Meißner und Lauer fügte hinzu: „Die Nadler und der Reisinger? Verheiratet?"

„Genau! Die beiden waren verheiratet. Ein kurzer Abgleich beim Melderegister", sagte Susanne Dobler. „1979, nach immerhin 30 Ehejahren, kommt die Scheidung. Für Frau Nadler ein Schicksalsschlag, von dem sie sich nicht mehr erholt hat, wie mir die in Sydney lebende Tochter am Telefon bestätigt hat. Reisinger, inzwischen Rektor an einer Hauptschule in der Neckarstadt, Moment, Franziskusschule, hatte was mit einer ehemaligen Schülerin angefangen. Seine Frau kam per Zufall dahinter. Aus ihrer lebenslustigen Mutter, so die Tochter, sei eine traumatisierte Frau geworden, die sich in ihrer Wohnung verkrochen habe. Erst mit dem Umzug ins Altenpflegeheim habe sich der Zustand ihrer Mutter gebessert. Die Tochter ist auf dem Weg nach Mannheim. Die verlassene Ehefrau nimmt 1981 wieder ihren Mädchennamen an und wird erneut Traudel Nadler. Alfred Reisinger heiratet im gleichen Jahr die frühere Schülerin von sich. Er ist zu diesem Zeitpunkt 53, die junge Dame 20. 2013, vor zwei Jahren, stirbt die zweite Ehefrau. Brustkrebs. Mit nur 50 Jahren. Alfred Reisinger trauert. Hat keine Lebenslust mehr. Und geht im September 2015 körperlich nicht mehr fit, ins Altersheim"

„Und trifft dort seine erste Ehefrau wieder", sagte Lauer. „Logisch, dass die Richter uns erzählt hat, die beiden wirkten wie ein altes Ehepaar. Sie waren schließlich eins."

„Nur dass die Ehefrau inzwischen so dement ist, dass sie ihren alten Ehemann nicht wiedererkennt", sagte Meißner.

„Aber sie hat noch klare Momente", sagte Susanne Dobler. „Frau Richter hat das bestätigt. Und in so einem klaren Moment hat sie ihren Alfred erkannt. Und ihr ist eingefallen, was der ihr alles angetan hat."

„Was für eine Geschichte!", sagten Lauer und Meißner wie aus einem Mund. „Mit der geschiedenen, dementen Ehefrau im gleichen Pflegeheim! Das muss doch zur Katastrophe führen."

„Da Frau Schreiber nur einmal verheiratet war und es nach der Scheidung keine Männerbekanntschaften gab, an die sie sich erinnern könnte", sagte Susanne Dobler, „scheint es nicht wahrscheinlich, dass Frau Schreiber weitere Gewalttaten begehen könnte. Aber das muss der Richter entscheiden."

Freunde

DENNIS

Wir haben uns bei Kevin getroffen, haben gechillt und gekifft und gewürfelt und dann hab ich 400 Euro Schulden gehabt bei Kevin. Das Fenster stand einen Spalt offen, obwohl es saukalt war und vom Kaufhaus gegenüber wehten Melodiefetzen ins Zimmer, leise, aber deutlich zu hören. Stille Nacht. Oh Tannenbaum. Von drauß' vom Walde komm ich her.

„Die ganze zuckersüße Soße", sagte ich zu Kevin, „ich kann es echt nicht mehr hören."

„Lenk nicht ab. Du kannst deine Schulden loswerden", hat Kevin zu mir gesagt, „wenn wir ein fettes Geschäft zusammen machen."

„Was für ein Geschäft?", hab ich gesagt. Wenn Kevin von Geschäften anfängt, musst du verdammt aufpassen. Wenn nicht, stehst du mit einem Bein im Knast.

„Ein Geschäft, bei dem wir viel Geld verdienen können. Ein Geschäft ohne Risiko, ohne Probleme."

Lauter Geschwätz. So redet Kevin, wenn er von Geschäften redet.

„Ich besorge ein Kilo Kokain und das verticken wir. Locker 15 000 springen für dich raus."

„Und was hab ich zu tun?", hab ich vorsichtig gefragt. Eine Menge Geld, hab ich gedacht. Wo ist da der Haken?

„Du treibst 1500 Euro auf. Ich besorge 5000. Dann läuft die Sache."

Ich hab eingewilligt. Klar, das war nicht korrekt. Aber ich hab nur an die Schulden gedacht, die ich bei Kevin hatte.

MARCEL

Ich hab nicht gewusst, um was es da geht. Ich hab da mitgemacht, weil mein Freund mich darum gebeten hat. Einem Freund darf man keinen Wunsch abschlagen. Freunde halten zusammen. Und Kevin ist mein Freund. Ja, mein Freund ist er immer noch.

Kevin hat mich angehauen.

„Ey, Marcel, du bist mein Freund, Marcel."

„Kevin", hab ich gesagt. „Ich bin dein Freund. Ist doch klar!"

„Marcel, du musst mir helfen."

„Klar, Mann", hab ich gesagt. „Ich helf dir, Kevin. Einem Freund helf ich! Immer."

„Marcel, du sollst mein Fahrer sein."

„Klar, Mann", hab ich gesagt. „Ich bin dein Fahrer, Kevin.2

„Kriegst 500 dafür", hat Kevin gesagt.

500 Euro sind eine Menge Geld für mich, vor allem seit ich meinen Job verloren hab. 500 Euro. Einfach verdientes Geld, hab ich mir eingeredet.

Bei was ich der Fahrer sein sollte, das hat Kevin nicht gesagt. Ich hab nicht nachgefragt. Wenn mich ein Freund um Hilfe bittet, helfe ich. Einfach so.

KEVIN

Ich? Drahtzieher? Ich doch nicht! Dennis hat diese Idee gehabt. Ich hab den Alten nicht gekannt. Dennis ist der Alte schon im Herbst an der Grupello Pyramide auf dem Paradeplatz aufgefallen. Große Klappe, eine Bierflasche in der Hand. Auf dem Weihnachtsmarkt am Wasserturm hat er den Alten dann näher kennengelernt. Diese Rocky Horror Picture Show. Lichterglanz und Kitsch. Alles verlogen. Er ist ihm nachgegangen hat herausgefunden, wo er wohnt. Ganz in der Nähe im Collinicenter. Er hat die Idee gehabt. Wenn Dennis Ideen hat, musst du verflixt vorsichtig sein. Ehrlich!

„Ich hab da einen Alten an der Hand", hat Dennis gesagt. „Über siebzig. Rentner. Führt das große Wort. Hat immer einen Glühwein in der Hand. Schmeißt eine Runde nach der anderen. Hat Kohle. Siehst du sofort. Goldene Halsketten, Ringe und klotzige Ohrringe. Dick und rund. Ich weiß, wo der wohnt. Collinicenter. Im 12. Stock. Wir fahren mit dem Aufzug hoch, klingeln an der Tür! Der wird Augen machen. Und vor Angst macht der sich in die Hosen. Ein Kinderspiel. Da gibt es was zu holen! Schmuck, Bargeld. Scheckkarten", hat Dennis gesagt.

„Und wenn der Alte sich das nicht gefallen lässt?", hab ich gefragt.

Dennis hat mit einer Faust auf die offene Handfläche gehauen, dass es geklatscht hat.

„Ruck zuck", hat er gesagt, „die Fresse dick!"

„Nein, nein", hab ich gesagt. „Das ist nichts für mich. Da bin ich nicht dabei. Ich will keinen Ärger mit den Bullen."

DENNIS

Wie sollte ich an 1500 Euro kommen? Natürlich hab ich es nicht geschafft, meinen Anteil auf den Tisch zu legen. Kevin ist ausgerastet, komplett ausgerastet. Hat rumgebrüllt. Hat auf mich eingeschlagen. Ich hab da keine Chance. Kevin macht Hanteltraining. Der hat Muskeln. Da hab ich keine Chance. Er hat mich zusammengedroschen, hat mir einen Kochlöffel in den Hintern gerammt und Pfefferspray in die Augen gesprüht. Ich hab niemandem was erzählt davon. Mann, das war mir peinlich. Da kann man doch verstehen. Ich wollte nicht wie ein Schlappschwanz dastehen.

„Lass dir was einfallen", hat Kevin zu mir gesagt. „Drei Tage hast du Zeit."

Da ist mir der Rentner vom Weihnachtsmarkt eingefallen. Der da rumtönt. Mit Glühwein um sich wirft. Mit seinen Goldkettchen protzt. Mit den fetten Goldringen. Der hat viel Schmuck, hab ich gedacht. Das wäre die Gelegenheit, mit einem Schlag an viel Geld zu kommen. Hab ich gedacht. Nur gedacht. Das war nur eine Idee. Weil ich nicht wusste, wie ich an das Geld kommen sollte. Weil ich Angst hatte vor Kevin. Ich bin dem Alten nachgelaufen. Hab gesehen, dass der in dem Hochhaus wohnt. Vom Weihnachtsmarkt wusste ich, wie der heißt. Ich hab mir die Klingelschilder angeschaut. Sind viel, echt viel. Ich hab den Namen gefunden. Im 12. Stock.

KEVIN

Dennis hat den Arm um mich gelegt, ist nah an mich rangekommen. War mir peinlich. Hat mir ins Ohr geflüstert. Was soll das, hab ich noch gedacht.

„Ich weiß, dass deine Freundin schwanger war", hat er gesagt.

Er weiß, dass wir abgetrieben haben.

„Ich kann das ihren Brüdern erzählen", hat er gesagt. „Du kennst ihre Brüder. Du weißt, zu was die fähig sind."

„Das machst du nicht", hab ich rausgebracht. „Das darfst du nicht!"

„Warum sollte ich das nicht dürfen?", hat er gesagt.

„Weil die mich fertigmachen. Da kann ich einpacken."

„Kluger Junge! Richtig, die machen dich fertig. Und deine Freundin, die wirst du nie wiedersehen."

„Bitte, Dennis", hab ich gesagt, „das darf du nicht. Wir sind Freunde."

„Ich kann meinen Mund halten", hat Dennis gesagt.

Ich hab mich ein wenig entspannt.

„Mann, wir sind Freunde. Und Freunde halten zusammen. Freunde helfen sich gegenseitig. Freunde lassen sich nicht im Stich."

Ich hab genickt und genickt, wie Dennis das alles gesagt hat. Es wird gut, hab ich gedacht.

„Klar, Dennis, wir sind echte Freunde."

„Du drehst mit mir das Ding mit dem Rentner. Und ich schweige wie ein Grab", hat er gesagt.

Mir ist ein Stein vom Herzen gefallen, ein Felsbrocken. Und ich hab genickt. Hab nicht mehr nachgedacht, was er da gesagt hat. War froh, dass er den Brüdern meiner Freundin nichts erzählen wollte.

„Ehrenwort?", hab ich gefragt.

„Ehrenwort!", hat er gesagt. „Großes Ehrenwort!"

Was hätte ich machen sollen? Ich hab keine Wahl gehabt. Ich musste mitmachen. Das ist wie Erpressung. Notwehr. Ja, ich hab aus Notwehr mitgemacht.

DENNIS

Als Kevin nach drei Tagen auf der Matte stand und fragte: „Wo ist dein Geld?", hab ich ihm von dem Rentner erzählt, mehr aus Spaß. Ich hatte nicht vor, den alten Mann zu überfallen. Kevin hat mir auf die Schulter geklopft.

„Gute Arbeit, Kumpel", hat er gesagt. „Den knöpfen wir uns

vor! Ich hab da noch einen Kumpel, der wird uns helfen."

Kevin hat mir gesagt, wie das alles ablaufen soll. Schritt für Schritt. Mit dem Fahrstuhl hochfahren, an der Tür klingeln, den überraschten Alten überrumpeln, ruhigstellen, die Wohnung durchsuchen, Schmuck, Bargeld, andere Wertsachen finden. Alles einfach. Ohne Probleme.

„Ich hab ein komisches Gefühl", hab ich gesagt.

Kevin hat mich ausgelacht.

„Schreib ein Gedicht."

Von da an hab ich nur noch genickt, hab alles akzeptiert. War froh, dass ich mit Kevin keinen Ärger mehr hatte, war froh, meine Schulden los zu sein. Und wenn das noch mit dem Kokain klappen würde, könnte ich im Geld schwimmen. Alles hörte sich bei Kevin einfach an. Ich hab keine Sekunde nachgedacht. Das war mein Fehler, das gebe ich zu.

MARCEL

Warum bin ich nicht im Auto geblieben? Ich weiß es nicht mehr. Dieser Augenblick hat mein Leben verändert. Den alten Mann habe ich vorher nie gesehen. Ehrlich. Wir sind mit dem Aufzug hochgefahren. Der Alte wollte gleich die Tür zuknallen, Kevin hat den Fuß dazwischen geschoben. Der Alte war so verdutzt, dass er sich nicht gewehrt hat, als Kevin ihm mit den Händen weggeschubst hat. So mehrmals gegen die Brust. Ich bin in der Tür stehen geblieben, hab mich gefragt, in was für einen Film ich da geraten bin. Von weiter hinter kam Musik. Jingle Bells. Der Weihnachtswahnsinn. Da hat Kevin gebrüllt: „Mann, mach die Tür zu, sonst stehen die Nachbarn auf der Matte."

Ich hab die Tür zugeknallt. Da hat Kevin dem Alten die Goldkette vom Hals gerissen. Und sein goldener Ohrring lag auf dem Boden. Der Alte hat sich das Ohr gehalten.

„Ihr seid verrückt", hat er geschrien. Blut ist zwischen seinen Finger durchgelaufen. Ich weiß nicht, ob Kevin dem Mann den Ohrring vom Ohr gerissen hat. Oder Dennis. Das hab ich nicht gesehen. Ehrlich!

Plötzlich fing der Alte an, sich zu wehren. Hat geschrien. Hat um sich geschlagen. Kevin hat ihm ins Gesicht geschlagen. Dann hat er ihn am Hals gepackt und zugedrückt.

„Keine Angst", hat er gesagt. „Ich tu ihm nichts. Ich will ihn nur ohnmächtig machen, damit er nicht so rumbrüllt. Und damit wir in aller Ruhe die Wohnung durchsuchen können."

Und im Hintergrund Jingle Bells. Wie in einer Endlosschleife. Wieder und wieder. Der Soundtrack für den Überfall. Jingle Bells. Dann hat der Alte angefangen zu röcheln. Schaum ist ihm aus den Mundwinkeln gelaufen. Dann hat er sich nicht mehr gerührt.

„Mann, du bringst ihn um", hab ich gerufen. „Der atmet nicht mehr!"

Ich hab einen Erste-Hilfe-Kurs gemacht. Führerschein. Da hab ich gelernt, was man machen muss bei Atemstillstand. Herzmassage. Ich hab mich auf den Alten gehockt, auf den Brustkorb gedrückt. Dann hat er geatmet. Ich hab den Puls gefühlt. Aber der alte Mann ist noch ohnmächtig gewesen. Erst jetzt hab ich gemerkt, dass ich mit dem Alten allein im Flur gewesen bin. Die anderen haben die Wohnung durchsucht. Ich hab mich neben den alten Mann gekniet und die Hände vor das Gesicht geschlagen. Warum bin ich nicht im Auto geblieben?

„Scheißweihnachtsmusik", hat Kevin geschrien. „Wo kommt der Mist her?"

Dann sind Kevin und Dennis in den Flur gekommen. Dennis hat eine Plastiktüte in der Hand gehabt.

„Fette Beute", hat er gesagt.

„Ist er kaputt?", hat Kevin gesagt und auf den Mann gedeutet.

„Nur ohnmächtig, zum Glück", hab ich gesagt und geschluchzt. Kevin hat mir in den Rücken getreten und gelacht.

„Weichei!", hat er zu mir gesagt.

KEVIN

„Und wenn der Alte uns erkennt?", hab ich Dennis gefragt.

„Wir werfen ihn vom Balkon", hat er gesagt. „Er wohnt im 12. Stock. Das sieht wie ein Selbstmord aus. Oder ein Unfall. Der trinkt gerne einen über den Durst. Hab ich gesehen auf dem Weihnachtsmarkt. Der hat immer einen Glühwein in der Hand gehabt."

Und dazu im Hintergrund: Jingle Bells. Wieder und wieder. Eine Endlosschleife. Das ging alles von Dennis aus. Ich hab aus Freundschaft mitgemacht und weil ich keinen Ärger mit den Brüdern meiner Freundin wollte.

Plötzlich hat der Alte die Augen aufgeschlagen.

„Hurensohn", hat er zu mir gesagt.

Ich geb zu, dass ich dem Alten ins Gesicht geschlagen hab. Aber der hat mich beleidigt.

„Hurensohn".

Niemand darf so was zu mir sagen! Niemand darf meine Ehre verletzen! Das ist wie Notwehr. Und dann hat er mir ins Gesicht gespuckt und rumgeschrien. Da bin ich ausgerastet. Hab ihm den Hals zugedrückt. Umbringen wollte ich ihn nicht. Der sollte ruhig sein. Der sollte seine Klappe halten. Der sollte mich nicht mehr beleidigen.

DENNIS

Nichts ist gelaufen, wie Kevin es mir vorher versprochen hatte. Der Alte hat sich gewehrt, hat geschrien. Alles ist aus dem Ruder gelaufen. Plötzlich hat der Mann nicht mehr geatmet. Ich hab einen Riesenschreck gekriegt. Ich hab nicht gewollt, dass der Mann verletzt wird. Bestimmt nicht! Zum Glück war Marcel dabei. Den hat Kevin gefragt, ob er mitmacht. Ich hab nichts davon gewusst. Erst war ich sauer, weil Kevin das alles alleine entschieden hat. Aber dann war ich froh über Marcel. Der hat es geschafft, dass der Mann wieder geatmet hat. Aber dann ist Kevin ausgerastet. Klar, wir hätten den Notfall anrufen müssen. Das war nicht richtig, den Mann gefesselt und hilflos in seiner Wohnung liegen zu lassen. Aber ich hab auf Kevin gehört. Hab ihm geglaubt, dass wir geschnappt werden, wenn wir Hilfe rufen. Und ins Gefängnis wollte ich auf keinen Fall. Wenn das mein Vater erfahren hätte.

Ich muss schon sagen, normal ist das nicht. Was sind das für Nachbarn, die sich nicht mal um einen alten Mann kümmern? Was sind das für Verwandte, die sich nicht melden? Was sind das für Freunde, die keine Verantwortung übernehmen, wenn sie tagelang nichts von einem Freund hören? Was sind das denn für Menschen?

83

Und das vor Weihnachten! Ausgerechnet!

MARCEL
In dem Moment hat der Alte die Augen aufgeschlagen und geschrien. Dann hat Kevin ihm den Hals zugedrückt, bis er nur noch geröchelt hat.

„Der soll die Klappe halten", hat Dennis gerufen. „Ich kann das nicht mehr hören."

Er hat sich einen Schal gegriffen, der an der Garderobe hing, dem Alten um den Mund gebunden, fest zugezogen und hinten verknotet. Kevin hat Kabelbinder in der Hand gehalten. Ich weiß nicht, wo er die herhatte.

„Wir fesseln den Alten, damit wir Zeit für die Flucht haben", hat Kevin gesagt.

Der Alte hat gestrampelt und den Kopf hin- und her geworfen. Dennis hat den Mann festgehalten und Kevin hat ihm die Kabelbinder angelegt. Richtig fest hat er die gezogen. Dann haben die beiden den Mann ins Badezimmer geschleift und von außen die Tür abgeschlossen. Unten auf der Straße hab ich mein Handy rausgeholt.

„Ey, was soll das?", hat Dennis gesagt.

„Ich will einen Rettungswagen rufen", hab ich gesagt.

„Bist du bescheuert?", hat Kevin gesagt und mir das Handy aus der Hand gerissen. „Wenn du einen Rettungswagen rufst, kriegen die uns sofort."

Ganz leise hat er das gesagt. Fast geflüstert. Aber ich hab gewusst, dass der es ernst meint.

Ich hab meinen Mund gehalten. Ich wollte vor den anderen nicht als Looser dastehen.

KEVIN
Wir mussten den Alten fesseln. Der hätte sofort die Polizei gerufen. Die hätten uns geschnappt. Ich wollte abends den Notruf anrufen, dann hab ich mir im Fußballtraining den Knöchel verdreht und hatte fürchterliche Schmerzen. Ist nicht meine Schuld, das versteht jeder. Ich musste in die Notaufnahme. Hab das vergessen.

Und, wenn ich drüber nachdenke, ist der Alte selbst schuld. Hat der keine Freunde, die sich um ihn kümmern? Freunde, die nach ihm sehen? Gerade jetzt. Zur Weihnachtszeit. Und die Nachbarn? Was ist mit denen? Und die Verwandten? Was ist das für einer? Erst zehn Tage später wird seine Leiche gefunden? Hat zu sehr gestunken im Treppenhaus! In was für einem Land leben wir?

Späte Bescherung

Die Weihnachtsstimmung war futsch. Schlagartig.

„Todeszeitpunkt?", fragte Dr. Gertrud Wanger zurück. „Schwer zu sagen, Ludwig."

Die Rechtsmedizinerin vom Klinikum Ludwigshafen zupfte an ihren Einweghandschuhen herum.

Vor nicht einmal einer halben Stunde hatte Ludwig Bolling am Schreibtisch in seinem Büro gesessen. Kommissariat 11. Tötungsdelikte, erpresserischer Menschenraub, Geiselnahme, Raub, räuberische Erpressung. Zentrale Kriminalinspektion im Polizeipräsidium Rheinpfalz. Wittelsbacher Straße. Ludwigshafen. Bolling schaute auf seine Armbanduhr, zum wiederholten Mal. Immer noch fünf vor zwei. Um 14 Uhr Dienstschluss heute. Heiligabend. Endlich! Zwei Wochen Urlaub. Der 24. Dezember. Für Bolling ein ganz besonderes Weihnachtsfest. Sein letztes Weihnachten im aktiven Dienst. In einem Vierteljahr, Ende März, würde er seinen Ruhestand antreten. Aber daran verschwendete Bolling jetzt keinen Gedanken. Er hatte anderes im Sinn. In nicht einmal einer Stunde würde er seine Tochter an sich drücken, die er mehr als ein halbes Jahr nicht gesehen hatte. Er würde dem zukünftigen Schwiegersohn die Hand schütteln. Und er würde sein Enkelkind zum ersten Mal in den Arm nehmen können, Doreen, drei Monate alt, geboren in Wexford, Irland, wo seine Tochter mit ihrem Freund, einem Iren, lebte. Bollings Frau war heute Morgen allein nach Frankfurt an den Flughafen gefahren, wo kurz nach elf die Lufthansa-Maschine aus Dublin mit einstündiger Verspätung gelandet war, an Bord seine Tochter Eva mit Mann und Kind. Eva war Ärztin am Wexford General Hospital, hatte dort ihren Freund kennengelernt, einen freischaffenden Radiomoderator. Bolling war nicht sonderlich begeistert. Freischaffend und noch dazu Radio, konnte man damit eine Familie ernähren?

„Alles gut. Alle wohlauf. Doreen ist ja sooo süß."

Das hatte ihm seine Frau per SMS um halb eins mitgeteilt.

Beim Frühstück war die Stimmung deutlich angespannter gewesen. Seine Frau hatte ihm vorgeworfen, nicht einmal an Heiligabend Zeit für seine Tochter zu haben.

„Du hättest dir freinehmen können. Ach, was sag ich! Müssen! Freinehmen müssen. Jeder anständige Vater hätte das gemacht."

„Ich habe alles probiert, Simone", versuchte er seine Frau zu beschwichtigen. „Aber Dellinger hat sich überraschend krank gemeldet. Seine Frau ist im Krankenhaus. Akute Blinddarmentzündung. Drei kleine Kinder, das weißt du doch."

Seine Frau zog ihre Hand weg.

„Und dein Enkelkind? Zählt das gar nichts? Nur von Fotos kennst du es!"

Vier vor zwei. Jetzt nahm Bolling den Aktenstapel von der rechten Seite seines Schreibtischs und legte ihn auf der linken Seite ab. Vorher hatte er dafür gesorgt, dass die Akten sauber gestapelt aufeinander lagen. Einige Tage nach der Geburt hatte er mit seiner Tochter telefoniert.

„Wenn du bald im Ruhestand bist, würden wir uns freuen, wenn ihr uns bei der Erziehung von Doreen unterstützen könntet."

Bolling hatte dazu geschwiegen, in Gedanken kam ihm die Vorstellung fremd und absurd vor. Seinen Ruhestand stellte er sich anders vor. Wenn er überhaupt eine Vorstellung hatte.

Das Telefon klingelte. Bolling nahm ab.

„Danke", sagte er. „Ja, Ihnen und Ihrer Familie auch."

Er legte wieder auf und war überrascht. Es war das erste Mal, dass seine Chefin, Kriminaloberrätin Nagel, Leiterin der Zentralen Kriminalinspektion, ihm frohe Weihnachten gewünscht hatte. Es geschehen noch Zeichen und Wunder, dachte er. Oder wollte sie nur kontrollieren, ob er noch da war? Aber so schätzte Bolling seine Vorgesetzte eigentlich nicht ein. Zwei vor zwei. Er freute sich jedes Jahr auf Weihnachten. Aber dieses Jahr freute er sich besonders. Er freute sich auf Eva, seine Tochter, er freute sich auf Doreen, sein Enkelkind. Er hatte heute Morgen nach der Dienstbesprechung im Spielzeugladen im Rathauscenter einen Teddybär für Doreen gekauft. Steif - Knopf im Ohr. So einen, wie er selbst einen besessen und über alles geliebt hatte.

„Spielzeug schenken?", hatte seine Frau vor zwei Wochen bei einem Glas Rotwein gefragt. „Ludwig, das Kind ist drei Monate alt. Was soll es mit Spielzeug anfangen?"

Für einen Teddybär war ein Kind nie zu jung, fand Ludwig Bolling, Kriminalhauptkommissar, ab erstem April nächsten Jahres im Ruhestand. Nein, das würde kein Aprilscherz sein.

Bolling stand auf, schob seinen Schreibtischstuhl an den Schreibtisch und griff nach seiner Jacke, die an der Tür hing. Da klingelte wieder das Telefon. Bolling zögerte für einige Sekunden. Dachte an den Teddy, an die kleine Doreen, freute sich auf das gemeinsame Weihnachtsfest mit seiner Tochter. Sollte er wirklich den Anruf noch annehmen? Bolling griff, den linken Arm schon in seiner Jacke, endlich nach dem Hörer.

„Ja, ja, ich komme, in zehn Minuten, höchstens eine Viertelstunde. Wo genau, sagen Sie? Willersinnweiher, Nordufer, da wo der Weiher einen Knick macht."

Also doch. Bolling kannte den Willersinnweiher. Als seine Tochter klein gewesen war, waren sie oft am Wochenende in dem Naherholungsgebiet unterwegs gewesen. Und er kannte auch den Knick, von dem der Kollege der Einsatzzentrale gesprochen hatte. Bäume, Sträucher, das Seeufer zugewachsen. Ein romantisches Stück Natur.

Die Kollegen der Kriminaltechnik waren längst da, als Bolling endlich am Fundort der Leiche auftauchte. Zweimal hatte er sich verfranzt, weil er sich auf sein Handy und nicht auf die Straße konzentriert hatte. Eine weitere SMS seiner Frau.

„Wir sind zu Hause. Wann kommst du endlich? Hier warten alle auf dich!"

Dr. Gertrud Wanger war schon mitten bei der Arbeit, als Bolling einlief. Vom Streifenbeamten, der als Erster am Willersinnweiher gewesen war, ein ganz junger Polizist, den Bolling noch nicht kannte, erfuhr er, dass ein Jogger, beziehungsweise sein Hund, ein Australian Shepherd, die Leiche entdeckt hatte. Bolling wollte sich zunächst den Fundort der Leiche ansehen, aber der Polizist flüstere ihm ins Ohr, dass der Zeuge dauernd frage, wann er endlich nach Hause könne. Der Mann saß vor dem Krankenwagen, hatte eine Decke über die Schultern gelegt und ein Notarzt war gerade dabei, ihm den Blutdruck zu messen. Ihm zu Füßen lag der Hund.

„Sie können sich gar nicht vorstellen, wie mich das mitnimmt", sagte der Mann, braun gebrannt, schwarze gegelte Haare ohne auch nur ein einziges graues Härchen, hautenge Leggings, Waschbrettbauch.

Bolling, der den Jogger auf weit über 50 schätzte, vielleicht sogar in seinem Alter, war neidisch, weil der Mann einen austrainierten Eindruck machte, und konnte den Zeugen von Anfang an nicht ausstehen. Lag es am Tonfall, bei dem eine Spur Sensationslust mitschwang? Oder nervte es Bolling, dass der Mann ein schlechter Schauspieler war? Er sonnte sich im Glanz der Aufmerksamkeit, die ihm zuteil wurde. Bolling hatte keine Lust, sich darüber Gedanken zu machen. Er stellte die Fragen, die er stellen musste, ging auf die Kommentare des Joggers nicht ein, „das hat mich Ihr Kollege auch schon gefragt", und fragte den Mann am Schluss, ob er die Leiche kenne.

„Sie machen wohl Witze", sagte der Jogger und seine Stimme drückte Empörung aus. „Haben Sie sich die Leiche überhaupt schon angeschaut? Da erkennen Sie nicht mal, ob es sich um ein Männlein oder ein Weiblein handelt."

Bolling drehte sich wortlos um und ging auf das Ufer zu.

„Kann ich jetzt endlich gehen", rief der Jogger hinter ihm her. „Heute ist der 24. Dezember. Haben Sie das vergessen?"?

Lauer hob den rechten Arm und winkte mit der Hand hin und her.

„Was hat das denn jetzt zu bedeuten?", sagte der Jogger und es klang so, als wüsste er nicht, was er jetzt tun sollte.

Bolling musste auf allen vieren durchs Unterholz kriechen, um einen Blick auf die Leiche werfen zu können. Sofort kapierte er die Worte des Joggers. Das Gesicht, das vor ihm seltsam verdreht lag, war ein blutiger Klumpen. Mann oder Frau, in der Tat, das war nicht zu erkennen. Lauer kroch zurück, lehnte sich an eine Weide und atmete tief durch.

„Starker Tobak", sagte Gertrud Wanger, „und das ausgerechnet am Heiligabend. Heiligabend mit einer Leiche."

Bolling nickte. Er kannte die Rechtsmedizinerin seit einer Ewigkeit, eigentlich, solange er denken konnte. Sie waren zusammen eingeschult worden, hatten zusammen in der gleichen Klasse das Abitur gemacht, hatten viele Jahre zusammengearbeitet,und würden beide am gleichen Tag, am 31. März, ihren letzten Arbeitstag haben.

„Es kommt noch schlimmer", sagte Gertrud Wanger. „Alle Zähne wurden herausgebrochen, die zehn Finger sind abgehackt, wahrscheinlich mit einem scharfen Beil."

Bolling schaute sie an.

„Der Täter ", sagte Bolling, „wollte verhindern, dass wir das Opfer identifizieren können."

„Richtig", sagte die Ärztin. „Und dabei war er gründlich."

Bolling nickte langsam.

„Aber über die DNA ..."

„Klar, Ludwig, das funktioniert. Bring mir die DNA einer Vergleichsperson und ich sage dir, ob es eine Übereinstimmung gibt."

Bolling kratzte sich am Hinterkopf. Die haarlose Stelle hatte sich vergrößert.

„Eines kann ich dir sagen, es handelt sich um eine nackte Frauenleiche. Wahrscheinlich keine alte Frau, zwischen dreißig und Mitte vierzig, vermute ich."

„Kannst du was über den Todeszeitpunkt sagen?", fragte Bolling. „Todeszeitpunkt? Schwer zu sagen, Ludwig."

Sie zupfte an ihren Einweghandschuhen herum.

„Die Totenstarre ist vollkommen gelöst, das dauert in der Regel zwei bis drei Tage. Die Haut am rechten Unterbauch ist gelbgrün verfärbt, der Bauch scheint aufgebläht, die Weichteile sind wahrscheinlich schon aufgedunsen. Die Fäulnis ist also in vollem Gange. Ob die Verwesung schon eingesetzt hat, kann ich erst nach einer Obduktion sagen. Da tagsüber im Moment so um die acht Grad sind, nachts entsprechend kühler, können sich die Bakterien kaum vermehren und die chemischen Reaktionen laufen nur träge ab. Ein bis zwei Wochen dürfte sie schon hier liegen, würde ich sagen. Länger eher nicht. Aber alles im Moment noch ohne Gewähr."

Bolling dachte nach. Zwischen dem 10. und dem 17. Dezember also. Er erinnerte sich an keine Vermisstenmeldung, weder im Dezember noch im November. Aber das musste nichts bedeuten. Die Frau konnte an irgendeinem anderen Ort als vermisst gemeldet worden sein. Er würde im Computer nachforschen. Vielleicht hatte er Glück.

„Ludwig, das wird schwer, die Identität der Frau zu herauszufinden", sagte Gertrud Wanger, deren Spezialität es war, unerwartet das Thema zu wechseln. „Und, wie feierst du Weihnachten?"

„Meine Tochter ist aus Irland gekommen mit Freund und Enkelkind. Sie sind schon längst da und alle sauer, weil ich nicht beikomme. Und du?"

Bolling wusste, dass vor drei Jahren Burkhard gestorben war, Gertruds Mann, ebenfalls Arzt, Lungenkrebs, starker Raucher. Die Ehe war kinderlos gewesen und Gertrud hatte unter dem Verlust gelitten, sich in letzter Zeit jedoch gefangen. Zumindest empfand das Bolling so.

„Ich werde eine Kerze anzünden und ein gutes Glas Rotwein trinken."

„Wenn die Leiche nach Mainz ins Rechtsmedizinische Institut geht, dann ...", fing Bolling an, brach aber ab.

Gertrud Wanger lachte.

„Dann", vollendete sie den Satz, „wird es dauern, bis du Ergebnisse bekommst, gerade jetzt über die Weihnachtstage. Weißt du was, Ludwig? Ich werfe meine Weihnachtsplanung für dich über den Haufen. Keine Kerze, keinen Rotwein. Heiligabend mit einer Leiche am Obduktionstisch im Klinikum. Das hat doch was. Ich rufe dich an, wenn ich Ergebnisse habe. Aber mach dir nicht zu viel Hoffnung."

„Danke, Gertrud. Ich weiß nicht, wie lange ich noch im Büro bin. Irgendwie komme ich mir vor wie auf glühenden Kohlen. Aber du kannst mich ruhig auch auf meinem Handy oder zu Hause anrufen."

Der Jogger mit seinem Hund war verschwunden. Bolling war schon auf dem Weg zu seinem Auto, als der Streifenpolizist hinter ihm hergelaufen kam.

„Da sind noch drei Mädchen, die eine Aussage machen wollen."

Muss das auch noch sein, dachte Bolling und stellte sich vor, wie seine Frau gerade den Weihnachtsbaum schmückte.

„Was habt ihr gesehen?", fragte er die Mädchen, die 15 Jahr oder 16 Jahre alt waren und die sich als Larissa, Jennifer und Victoria vorgestellt hatten. Er zog seinen Notizblock aus der Tasche und notierte sich die Namen.

„Ein Mann hat da vorne mit seinem Auto gehalten", sagte Larissa und deutete in Richtung des rot-weißen Absperrbandes.

„Fabrikat?"

„Ein heller BMW."

„Stimmt nicht", widersprach Jennifer, „ein silberner Audi."

„Und was meinst du?", sagte Bolling und schaute auf seinem Notizblock nach. „Victoria?"

„Autos interessieren mich nicht."

„Also, noch einmal, was habt ihr gesehen?", wiederholte Bolling seine Frage und ließ das Problem mit der Automarke erst einmal außer Acht.

„Einen Koffer hat der Mann aus dem Auto geholt", sagte Larissa.

„Nein, eine große Sporttasche", sagte Jennifer.

„Victoria?"

„Hab das nicht so genau gesehen."

„Und weiter?"

„Mit der Tasche ist er zum Ufer gegangen", sagte Jennifer. „Und nach fünf Minuten ist er wieder zurückgekommen."

„Mit der Tasche?", fragte Bolling.

„Mit dem Koffer", bekräftigte Larissa.

„Was hat er am Ufer gemacht?"

„Das konnten wir nicht sehen", sagte Larissa. „War ja schon dunkel."

„Wann war das?"

„In den Herbstferien."

Lauer steckte seinen Notizblock wieder ein. Herbstferien! Also Anfang Oktober. Was der Mann mit dem Koffer oder der Sporttasche auch am Ufer gemacht hatte, mit der Frauenleiche, die dort im Gebüsch lag, hatte es garantiert nichts zu tun gehabt.

„Danke, dass ihr uns geholfen habt", sagte er zu den Mädchen. „Ihr könnt jetzt gehen."

Bolling ärgerte sich über die Zeit, die er mit der Befragung der Mädchen verplempert hatte. Gerade heute am Heiligabend, wo er jede Minute bedauerte, die er ohne sein Enkelkind verbringen musste. Die Zeiger der Uhr bewegten sich vorwärts. 16 Uhr war vorbei.

Bolling schaute auf die Uhr. Zehn nach fünf. Draußen war es dunkel. Auf dem erneuten Weg vom Weiher zu seinem Auto hatte er probiert, zu Hause anzurufen. Es hatte fünf Mal durchgeklingelt, dann war der Anrufbeantworter angesprungen. Er hatte aufgelegt, ohne eine Nachricht zu hinterlassen. Zurück im Präsidium hatte er versucht, eine Spur zu der Frauenleiche vom Willersinnweiher zu finden. Auch über die zentrale Vermisstenstelle des BKA gab es keinen Treffer. Genervt hatte er nach zwanzig Minuten aufgegeben. Um Viertel vor fünf ging eine weitere SMS von seiner Frau ein.

„Wir fangen jetzt mit dem Essen an. Können nicht länger warten."

Bolling wählte erneut seine Festnetznummer. Erfolglos. Dann wenigstens eine SMS.

„Frauenleiche am Willersinnweiher. Wird später. Lasst mir was vom Essen übrig. Gruß an alle! Ludwig."

Das Weihnachtsessen, ein Ritual. Seit Eva in den Kindergarten gekommen war. Käsewürstchen, Béchamelkartoffeln, grüner Salat. Essensbeginn um halb fünf, dann um halb sechs die Bescherung. Jahr für Jahr das gleiche Ritual. Lauer dachte mit Wehmut an die Würstchen und die Kartoffeln. Für ihn waren sie der Inbegriff des Heiligabends.

Zufällig hatte kurz nach fünf ein junger Kollege, Norman Kaminski, seinen Kopf zur Tür hereingesteckt und Bolling „Frohe Weihnachten" gewünscht. Kaminski, der als Computerkoryphäe galt, bot seine Hilfe an. Es dauerte keine fünf Minuten, bis auch er den Kopf schüttelte. Bolling fingerte nach seinem Handy, um einen weiteren Anrufversuch zu starten, als eine SMS seiner Tochter eintrudelte.

„Papa, wir können mit der Bescherung nicht länger warten. Die Kleine ist todmüde."

Bolling schaute auf die Uhr, fünf vor halb sechs. Heute ging aber auch alles schief. Das Telefon auf seinem Schreibtisch klingelte. Er schaute auf das Display. Auch diese Nummer kannte er.

„Fast zwei Wochen, würde ich sagen. Genauer geht's auf die Schnelle nicht", meldete sich Dr. Gertrud Wanger ohne Einleitung oder Begrüßung ihres Gesprächspartners. Bevor Bolling etwas entgegnen konnte, redete die Rechtsmedizinerin weiter.

„Das Opfer wurde zuerst massiv geschlagen. Hämatome am ganzen Körper. Todesursache: Strangulation, wahrscheinlich mit einem Ledergürtel. Die Verstümmelungen, also das zerschlagene Gesicht, die abgetrennten Finger, die gezogenen Zähne, das wurde dem Opfer nachträglich zugefügt. Jetzt das Beste, Ludwig. Wir haben riesengroßes Glück gehabt! Der Mörder hat doch einen Fehler gemacht."

Dr. Wanger machte eine Pause. Bolling hielt den Atem an.

„Unser Opfer hat etwas in sich getragen."

„Gertrud!"

„Damit dürfte es möglich sein, eine Identifikation vorzunehmen."

„Jetzt spann mich nicht unnötig auf die Folter", sagte Bolling.

„Unsere Leiche hatte eine Brust-Operation hinter sich. Brustvergrößerung. Ganz schön happige Silikonpolster, kann ich dir sagen."

Riesengroßes Glück? Brust-OP? Silikonpolster? Happig? Bolling verstand den Zusammenhang nicht.

„Jedes Brustimplantat hat eine Seriennummer. Falls eine Rückruf-Aktion nötig wäre. Haftung bei Schadensfällen. Mehr muss ich da nicht sagen. Über die Seriennummer des Implantats dürfte es für euch jedenfalls ein Kinderspiel sein, die Identität der Toten zu klären."

Bei Bolling machte es klick.

„Vorzügliche Arbeit, Gertrud", sagte er. „Jetzt hast du dir den Rotwein wahrlich verdient. Schöne Weihnachten wünsche ich dir."

Aber Bolling war sich nicht sicher, ob die Rechtsmedizinerin seine letzten Worte noch gehört hatte.

„Sieht sie nicht Spitze aus?", fragte Kaminski den alten Kommissar und deutete auf das Foto auf dem Bildschirm. Bolling sah eine Wasserstoffblondine mit pinkfarben angemalten Lippen, pinkfarbenen Bäckchen, aufgeklebten Augenwimpern und der glatten straffen Haut, die ihn sofort an Botox denken ließ.

„Spitze? Kaminski!", sagte er. „Die sieht doch eher wie eine Barbiepuppe aus."

„Bingo", hatte Kaminski vor wenigen Minuten gerufen und die Arme nach oben gerissen. Bolling kam sich vor wie auf dem Betzenberg, nachdem die Heimmannschaft, der FCK, in der dritten Minute der Nachspielzeit noch den Siegtreffer zum Aufstieg in die Bundesliga geschossen hatte.

„Jasmine Herzog, Model, Mann, die kenne ich ja sogar", sagte Kaminski und seine Stimme überschlug sich. „Die war mal Playmate im Playboy."

Der Playboy stand nicht auf Bollings Lektüreliste und er kannte auch kein Model mit diesem Namen. Dass Kaminski den Playboy las, kam ihm sonderbar vor.

„Wohnhaft im Albert-Haueisen-Ring, tolle Gegend, mitten im Grünen, Naherholungsgebiet Roßlache", schwärmte Kaminski.

Den Albert-Haueisen-Ring, den kannte Bolling, dort hatte er sich vorhin verfahren.

„Ja, wunderschöne Gegend. Ganz in der Nähe, am Willersinnweiher, haben wir auch ihre verstümmelte Leiche gefunden."

„Lebt dort mit ihrem Lebensgefährten, Alexander Eichler, einem Investmentbanker", ignorierte Kaminski Bollings Hinweis.

„Auf geht's", sagte Bolling und wunderte sich selbst über die

Begeisterung, die er in seine letzten Worte gelegt hatte. „Auf in den Albert-Haueisen-Ring!"

Bolling schaute auf die Uhr. Kurz vor sieben. Seit einer dreiviertel Stunde saß er neben Kaminski in seinem Dienstwagen und wartete und dachte an die kleine Doreen, die Tochter seiner Tochter, die er bisher nur von Fotos kannte. Von Kaminski hatte er erfahren, dass sich seine Freundin von ihm getrennt hatte, vor drei Wochen erst, genau am zweiten Advent hatte er erfahren, dass seine Freundin seit mehr als einem halben Jahr ein Verhältnis mit ihrem Chef hatte.

„Was bin ich bloß für ein Trottel gewesen!"

Dass der Chef am Heiligabend seiner Gattin reinen Wein einschenken wollte.

„Niemals macht der das", hatte Kaminski gerufen. „Für den ist das doch nur eine Spielerei."

Bolling hatte weiter erfahren, dass Kaminskis Eltern Weihnachten in ihrem Winterdomizil auf Mallorca feierten, dass er selbst, Kaminski, mit Weihnachten nichts am Hut habe, dieses Jahr zumindest, dass er froh war über die Leiche am Heiligabend.

Als sie im Adolf-Haueisen-Ring angekommen waren, war das Haus, in dem Jasmine Herzog und Alexander Eichler gelebt hatten, dunkel gewesen. Sie hatten bei den Nachbarn zur Linken und zur Rechten geklingelt. Beide hatten ihnen bestätigt, dass sie Jasmine Herzog am Abend des 12. Dezember zuletzt gesehen hatten.

„Aber das ist nichts Ungewöhnliches. Jasmine ist ein gefragtes Model", sagte die Nachbarin zur Linken, die, wie Bolling fand, auch als Model hätte arbeiten können.

„Fotoshooting in Kapstadt, hat mir Alexander erzählt. Also, Herr Eichler, müssen Sie wissen, ist der Lebensgefährte von Jasmine. Ein sehr netter Mann."

„Hat es Streit gegeben zwischen den beiden um den 12. Dezember herum", fragte Kaminski.

Die Nachbarin zur Linken schüttelte den Kopf, viel zu schnell, fand Bolling, dann stutzte sie.

„Am Vorabend des Abflugs, also am 11. Dezember, ist es ein wenig lauter geworden. Um ehrlich zu sein, die beiden haben sich schon ziemlich gezofft."

„Wissen Sie worüber?", fragte Kaminski.

Die Nachbarin mit der Modellfigur nickte.

„Jasmine kam abends noch auf einen Sprung bei mir vorbei. Sie weinte. Alexander habe eine SMS auf ihrem Handy gelesen, die Jasmine ihrem Ex geschickt hat. Alexander war krankhaft eifersüchtig. Aber das kommt ja in den besten Beziehungen vor, oder?"

Vom Nachbarn zur Rechten erfuhren sie Ähnliches.

„Eine Klasse-Frau, die Herzog. Fotoshooting in Südafrika. Herr Eichler hat mir vorige Woche noch eine Postkarte aus Kapstadt von seiner Lebensgefährtin gezeigt. Ich habe mich noch gewundert, was das sollte. Wir kennen uns eigentlich eher flüchtig."

„Herr Eichler kommt bestimmt bald zurück", rief es aus dem Hintergrund. „Bestimmt besucht er seine Eltern. Die leben im Schiller-Wohnstift in Oggersheim. Er besucht sie regelmäßig, natürlich auch am Heiligabend."

„Meine Frau", erklärte der Nachbar zur Rechten und zuckte mit der Schulter. Bolling konnte die Geste nicht deuten.

Zwanzig nach sieben fuhr ein Porsche 911, schwarz, in die Einfahrt vor dem Haus von Herzog und Eichler. Bolling und Kaminski stiegen aus, hielten dem Mann, der, wie sie sich vergewisserten, Alexander Eichler war, ihre Ausweise vor die Nase und fragten, ob sie hereinkommen könnten.

„Es geht um Ihre Lebensgefährtin", begann Kaminski.

„Was ist mit ihr? Ist was passiert?", fragte Eichler. „Gestern Abend habe ich noch mit ihr geskypt. Jasmine geht es prächtig. Und eine Postkarte, vor vier Tagen angekommen, habe ich hier auch noch. Sie sehen, alles in Ordnung."

Bolling wunderte sich, warum Eichler ihnen das alles erzählte.

„Wir haben eine Frauenleiche gefunden", sagte Bolling. „Hier ganz in der Nähe. Am Willersinnweiher, notdürftig verscharrt. Mit verstümmeltem Gesicht und abgehackten Fingern. Sie brauchen hier keine Geschichten zu erzählen."

Bolling wunderte sich über die Schärfe, mit der er die Worte herausgepresst hatte. Eichler lachte und fuhr sich mit der Hand vor dem Gesicht hin und her, als wolle er unliebsame Geister verscheuchen. Bolling spürte, dass seinem Gegenüber nicht zum Lachen zumute war.

„Jasmine geht es prächtig, ich habe es Ihnen doch gesagt. Ihre Frauenleiche, das kann nicht Jasmine sein."

„Doch!", sagte Kaminski. „Wir haben sie zweifelsfrei identifiziert."

„Dass ich nicht lache!", brachte Eichler heraus und es hörte sich gar nicht mehr überheblich an. „Das ist unmöglich."

„Wieso?", fragte Kaminski.

„Weil sie lebt", antwortete Eichler.

Wie ein trotziger Junge, dachte Bolling.

„Jasmine Herzog ist tot. Wir haben sie zweifelsfrei identifiziert. Anhand der Seriennummer ihrer Brustimplantate."

Später, im Wohnzimmer, es ging auf Mitternacht zu, in der einen Hand ein Glas Spätburgunder aus dem Jesuitenhofgarten in Dirmstein, im anderen Arm seine Tochter, die ihren Kopf an seine Schulter drückte, wunderte sich Bolling ein drittes Mal. Dass Eichler so schnell zusammengebrochen war. Dass er gestanden hatte, Jasmine nach einem Streit um ihren Ex geschlagen und erwürgt zu haben. Dass er sie dann verstümmelt, sie in der nächsten Nacht in der Nähe des Willersinnweihers verscharrt habe. Als Eichler das Geständnis unterschrieben hatte, hatte Kaminski Bolling nach Hause geschickt.

„Ihre Familie wartet. Es ist Heiligabend. Um die weiteren Formalitäten, Staatsanwalt, Richter und so weiter, kümmere ich mich."

Vor wenigen Minuten war Bolling endlich nach Hause gekommen. Simone, seine Frau, hatte ihn angesehen. Bolling überlegte noch, was er sagen sollte, aber seine Frau kam ihm zuvor.

„Eine Leiche zum Heiligabend. Bestimmt hast du den Täter schon gefasst."

„Und er hat auch schon gestanden", murmelte Bolling, aber er war nicht sicher, ob die anderen seine Worte verstanden hatten.

Aber das war auch egal.

„Endlich", hatte seine Tochter gesagt und den Vater in den Arm genommen. „Wir dachten schon, du kommst gar nicht mehr."

Eva wollte ihn gar nicht mehr loslassen.

„Doreen schläft schon lange."

Seine Tochter hatte vorsichtig die Tür zum Gästezimmer geöffnet und Bolling zugewinkt. Auf Zehenspitzen hatte er in das Zimmer gesehen. Das Licht der Flurlampe fiel genau auf ein winziges Gesicht. Bolling machte ein paar Schritte auf das Gesicht zu. Er glaubte ein Lächeln zu sehen, als er sich über das Kinderbett beugte. Das Kinderbett, das seine Frau unmittelbar nach Doreens Geburt gekauft hatte, für den Fall, dass sie zu Besuch kommen würden.

Sie sieht aus wie ein Engelchen, dachte Bolling, traute sich aber nicht, seinen Gedanken auszusprechen.

„It's snowing on my piano."

Die Töne perlten verhalten im Hintergrund. Bolling schloss die Augen. Wintermusik. Er konnte die CD nicht nur zur Weihnachtszeit hören. Bei manchen Stücken kam es ihm vor, als sei die Stille wichtiger als die Töne, die Bugge Wesseltoft seinem Klavier entlockte. Der Kommissar griff nach seinem Weinglas. Eichler würde sich einen exklusiven Anwalt leisten können, daran zweifelte er keinen Moment. Und der würde die Fakten so lange drehen und wenden, bis es auf Totschlag hinauslaufen würde. Vielleicht noch im Affekt. Mildernde Umstände. Die ganze Palette. Der Banker würde wahrscheinlich mit einer lächerlich geringen Strafe davonkommen. Die aufgewärmten Würstchen und die Béchamelkartoffeln hatte Bolling verschlungen. Köstlich, das traditionelle Heiligabendessen, dachte er. Er sah, dass die Flasche mit dem Kilkenny-Bier ungeöffnet auf dem Wohnzimmertisch stand. Seine Frau hatte extra ein Sixpack gekauft.

„Liam soll sich bei uns ganz zu Hause fühlen", hatte sie gesagt.

„Schmeckt gut, die Wein", sagte Liam. „Auf dich, Schwiegervater."

Bolling fand den Akzent lustig, er musste an Chris Howland

denken, der war doch auch so was wie ein Radiomoderator gewesen. Im Sommer, als sie Eva in Wexford besucht hatten, hatte Liam nur englisch mit ihnen geredet.

„Ich lerne deutsch, damit ich mich mit meiner Tochter in ihrer Muttersprache unterhalten kann."

Bolling nahm einen Schluck von dem Rotwein. Ganz so verkehrt war sein Schwiegersohn in spe doch nicht. Bolling ließ den Wein lange im Mund, wälzte ihn von der einen auf die anderen Seite, sah das zerschlagene Gesicht der toten Frau vor sich, die sie mit Hilfe ihrer Brustimplantate identifiziert hatten. Und das Bild in seinem Kopf verblasste, wurde überlagert vom Gesicht der kleinen Doreen, die wenige Meter von ihm entfernt friedlich in ihrem Kinderbett schlummerte. Warum sollten seine Frau und er ab April eigentlich nicht mehr Zeit in Irland bei Eva, Doreen und Liam verbringen? So abwegig war die Bitte seiner Tochter doch gar nicht. Ein wenig Unterstützung könnte Eva sicherlich gut gebrauchen. Bolling schluckte den Wein endlich hinunter.

„Jetzt ist Weihnachten", dachte er.

Der letzte Tag

Ich drücke mein Ohr an die Tür. Ich höre nichts. Als ich heute Morgen gegangen bin, glaubte ich, das Wimmern verfolge mich noch im Treppenhaus. Ich drehe den Schlüssel und betrete die Wohnung. Ich stelle sie mir im Schlafzimmer vor. Schlafend. Zusammengerollt. Ihre Arme um die Knie geschlungen. Ich stelle mir ein friedliches Bild vor. Ihre langen, prächtigen Haare, die den Boden berühren. In meinen Gedanken unterdrücke ich den Impuls, mit den Fingern über die Haare zu streichen. Haare, fein gesponnen wie Gold. Ich möchte alles stehen und liegen lassen. Ich beherrsche mich. Ich werde ihr erst etwas zu essen geben. Sie wird alles in sich hineinstopfen. Ich verlasse das Schlafzimmer, lehne die Tür an und verstaue den Einkauf im Kühlschrank. Ich schmiere vier Butterbrote, dick geschnitten, belege sie mit Wurst und Käse, fülle ein Glas mit Milch und stelle alles neben sie auf den Fußboden. Ich setze mich in den Sessel neben dem Bett, beobachte sie und warte ab. Sie schläft noch, aber ihre Nase bewegt sich. Wie bei einem Hund, denke ich und schäme mich augenblicklich für den Vergleich. Ihr Kopf fällt ein wenig nach links, nähert sich dem Teller mit den Broten, noch immer sind ihre Augen geschlossen. Gleich würde sie mit ihrer linken Hand, der freien, mechanisch nach den Broten greifen. Dann würde es sehr schnell gehen. Sie würde die Brote in Windeseile hinunterschlingen, das Glas Milch in einem Zug leer trinken. Dann wäre ich an der Reihe. Aber heute, am dritten Tag, meinem letzten Tag, ist alles anders.

Ich hatte sie vor einigen Tagen entdeckt. Sie saß in der Fußgängerzone, direkt vor dem leer stehenden Gebäude, in dem vor einigen Jahren das Prinz Medienhaus residiert hatte. Sie hielt ein kleines Pappschild vor sich. ‚Hunger‘ stand darauf. Mir fiel sofort ihr Haar auf. Und unwillkürlich musste ich an das Märchen denken.
„Lass mir dein Haar herunter!“
Sie streckte den Passanten die offene Hand entgegen.
„Hunger, Hunger“, leierte sie vor sich hin. Dazu schüttelte sie ab und zu ihre Haare, die langen, die wunderschönen. Hunger

schien das einzige Wort zu sein, das sie kannte. Ihr Alter war schwer zu schätzen, aber älter als 14 war sie keinesfalls. Woher sie kam, konnte ich nicht sagen. Ich konnte nur noch an ihre Haare denken. Bei der Arbeit, wenn ich ein Formular ausfülle, rieche ich ihr Haar, vergrabe meine Nase darin. Am nächsten Tag drückte ich ihr einen 20-Euro-Schein in die Hand. Sie war so überrascht, dass sie sogar mit der Hunger-Litanei aufhörte. Sie starrte mich mit offenem Mund an. Ich nickte ihr zu und ging. Am nächsten Tag kam ich wieder und drückte ihr wieder einen Schein in die Hand, dieses Mal 50 Euro. Am vierten Tag war sie nicht allein. Eine Frau, die ihr ähnlich sah und ihre Mutter sein konnte, stand bei ihr. Die Frau winkte mich zu sich. Sie kam schnell zur Sache.

„Machen, was wollen, aber drei Tage sitzt wieder hier", sagte die Frau.

Ihre Aussage unterstützte sie mit drei ausgestreckten Fingern. Ich dachte nicht lange nach und drückte ihr die Geldscheine, die sie verlangte, in die Hand. Sie legte die Hand des Mädchens in meine und schob sie in meine Richtung.

„Denken. Drei Tage …"

Das Mädchen wehrte sich anfangs und wollte nicht mitkommen. Erst als die Frau sie in einer mir fremden Sprache anfuhr, trottete sie hinter mir her, drehte sich jedoch mehrmals um. Widerwillig stieg das Mädchen zu mir ins Auto. Ich fuhr mit ihr zu einem Schnellimbiss und versorgte sie mit Hamburgern. Sie aß so schnell, dass ich gar nicht mit Nachschub hinterherkam. Dann fuhren wir zu mir nach Hause. Ich führte sie ins Schlafzimmer. Sie war apathisch und wehrte sich nicht. Als ich einen Moment unaufmerksam war, schlug sie mir die Wasserflasche, die immer neben dem Bett steht, über den Kopf. Sie hatte mit aller Kraft zugeschlagen und mein Kopf schmerzte. Zum Glück kaufe ich seit einiger Zeit nur noch Plastikflaschen. Sie sind leichter zu tragen. Der Schlag mit der Plastikflasche tat zwar weh, aber ich war nicht verletzt und schon gar nicht außer Gefecht gesetzt. Ich riss ihre schönen langen Haare nach hinten, sie schrie auf.

„Rapunzel, Rapunzel, beim nächsten Mal sind sie ab!", sagte ich und schlug ihr mit der flachen Hand ins Gesicht. Sie blutete aus der

Nase. Ich schlug nochmals zu. Danach zerrte ich sie auf den Boden vor meinem Bett, drückte sie an die Heizung und fesselte sie mit meinem Gürtel. Ich wollte sicher gehen, dass sie keinen Unsinn anstellte, während ich die Handschellen suchte. Weiß der Teufel, warum ich sie in der Speisekammer versteckt habe. Ich fand sie zuerst nicht, durchwühlte alle möglichen und unmöglichen Ecken und Winkel, bis mir einfiel, dass ich sie hinter die Marmeladengläser geschoben hatte. Zurück im Schlafzimmer ließ ich die Handschellen über ihrem rechten Handgelenk zuschnappen und fesselte sie ans Heizungsrohr. Abends öffnete ich die Handschellen und deutete aufs Bett. Sie jammerte.

„Hunger, Hunger."

Dabei hatte sie vor gar nicht langer Zeit die Hamburger verschlungen. Hunger war das einzige Wort, das sie artikulierte. Ich stellte einen Teller mit belegten Broten hin, sie aß gierig. Ich machte mir von da an nicht mehr die Mühe sie loszumachen und auf das Bett zu bugsieren, sondern ließ sie auf dem Boden vor der Heizung. Ich achtete jedoch darauf, dass sie zuvor immer ausreichend mit belegten Broten versorgt war.

Heute ist der dritte Tag. Mein letzter Tag. Heute ist alles anders. Sie stürzt sich nicht auf die Brote. Sie schaut den Teller an, dann blickt sie mir in die Augen. Ich kann ihrem Blick nicht standhalten. Sie schlägt mit ihrer linken Hand, der freien, nach dem Teller; die Brote heben ab, segeln durch die Luft, die Wurst- und Käsescheiben lösen sich vom Brot und klatschen, nachdem sie eine andere Flugbahn als die Brotscheiben genommen haben, auf dem Bettvorleger auf. Sie schaut mich immer noch an. Ich wende mich ab. Dann sagt sie laut und deutlich: „Rapunzel, Rapunzel."

Ich habe das Gefühl, sie äfft mich nach. Wut ergreift mich. So soll es nicht zu Ende gehen. Ich springe vom Sessel hoch, stürze aus dem Zimmer, durchwühle die Schublade mit den Haushaltsutensilien, packe die Schere, weiß, dass es zu Ende geht, dass es bald schon vorbei ist, renne ins Schlafzimmer zurück, greife nach den schönen Haaren.

„Das hast du jetzt davon!"

Ich schlage die Haare ein paar Mal um meine Hand und ritsch ratsch schon liegen sie abgeschnitten vor mir auf der Erde. Die ganze Aktion erregt mich so, dass ich die Schere fallen und jede Vorsicht außer Acht lasse. Ich bin der Königssohn. Ich bin der böse Zauberer. Ich weiß, es wird kein Happy end geben, aber ein Märchen braucht doch ein Happy end, sonst ist es kein Märchen. Eine Mutter, die ihre Tochter verkauft? Für eine Handvoll Geld? Ist das ein Märchen?

„Rapunzel, Rapunzel."

Ich weiß, es wird kein Happy End geben.

„Rapunzel, Rapunzel."

So wie sie vorher immer „Hunger, Hunger" geleiert hat.

„Rapunzel, Rapunzel."

Wie durch einen dichten Schleier dringen die Worte zu mir. Es kommt mir vor, als seien sie weit weg. Ich bin der Zauberer. Ich bin der Königssohn. Dann geht alles sehr schnell. Ich sehe, obwohl ich mein Gesicht an ihrem Hals vergraben habe, ihre Hand mit einem blitzenden Gegenstand über meinem Rücken. Ich weiß, das ist nicht möglich. Eine optische Täuschung. Ich habe einen Fehler gemacht, durchzuckt es mich.

Mutterliebe

EINS

Ich stehe auf einem hohen Turm. Du kennst den Turm auch. Es ist der bei Wilhelmsfeld. Weißt du noch? Letzten Sommer waren wir mit den Kindern hier. Erinnerst du dich, wie der Wind gepfiffen hat, als wir oben standen? Hörst du jetzt den Wind pfeifen? Hör ihn dir an! Der heult richtig. Und wie der Turm schwankt! Letzten Sommer. Erinnerst du dich? Da waren wir noch glücklich. Aber du hast alles kaputt gemacht. Du machst mich fertig mit deinen Lügen. Ich halte das nicht mehr aus. Seit vier Jahren sind wir verheiratet. Immer hast du mich angelogen und dann hast du mich wegen einer anderen Frau verlassen. Weißt du, warum ich anrufe?

(Handy-Anruf der Angeklagten bei ihrem Ehemann, 17. März 2015, 4:04 Uhr morgens)

ZWEI

Ja, ich hasse meinen Mann. Aber ich hasse ihn nicht so weit, dass ich ihm etwas antun könnte. Ich hasse ihn, weil er mir damals, als ich oben auf dem hohen Turm stand, nicht geholfen hat. Er hat mich nicht ernst genommen, er hat einfach nicht reagiert. Er hat mich allein gelassen mit den Kindern. Dafür hasse ich ihn.

(Aussage der Angeklagten vor Gericht, 19. August 2016)

DREI

Ich saß draußen mit einer Freundin, mir gingen so Gedanken durch den Kopf. Dass mein Mann immer brutaler wurde zu den Kindern. Dass die Kinder ruhig sein mussten. Dass er nicht mehr mit den Kindern sprach. Dass ich diese Sachen alle mit meinem eigenen Vater erlebt hatte. Ich dachte mir, die Kinder sollen nicht weiter leiden, dann sind sie an einem sicheren Ort, dann weiß ich, wo sie sind. Mein Vater war auch so, ich durfte nie reden zu Hause und mein Mann ist genau so ein Typ wie mein Vater. Wir durften auch nie fort zu Hause. Diese Gedanken hatte ich am 13. März, als ich mit meiner Freundin hinter dem Haus im Garten saß.

(Aussage der Angeklagten vor Gericht, 22. Juni 2016)

VIER

Schon im September 2014 habe ich ihr gesagt, dass ich ausziehen wolle. Nach Silvester wurde es dann ernst. Ich hatte in Heidelberg eine Frau kennengelernt. Ich lag mit meiner Ehefrau nachts im Bett, als eine SMS auf mein Handy kam. Ich merkte es nicht, aber meine Frau war sofort hellwach, schnappte sich mein Handy und las die Nachricht. Die Frau, die ich kennengelert hatte, hat mir geschrieben, ich sei im Bett der geilste Mann. Meine Frau hat sich mit einer Flasche Wein im Bad eingeschlossen. Plötzlich klirrten Scherben. Dann klingelte mein Handy. 'Ich habe mir gerade die Pulsadern aufgeschnitten', sagte meine Frau. 'Ich verblute.' Natürlich hat sie nur geblufft. Wie immer.

(Aussage des Ehemanns vor Gericht, 4. Juli 2016)

FÜNF

Die Trennung kam vollkommen überraschend. Wie aus heiterem Himmel. Dass er im September 2014 von Trennung gesprochen haben soll, daran erinnere ich mich nicht. Noch im Dezember waren wir auf dem Campingplatz in Bad Dürkheim und haben bei unserem Wohnwagen nach dem Rechten gesehen. Nachdem er mir nach Silvester mitgeteilt hat, er wolle sich trennen, wollte ich noch mit ihm in die Eheberatung, aber er stellte sich stur.

(Aussage der Ehefrau vor Gericht, 6. Juli 2016)

SECHS

Hallo, zusammen, wenn ihr das lest, bin ich in einer anderen Welt mit den Kindern. Ich kann nicht mehr, bin fix und fertig. Mein Mann hat es geschafft, ich habe keine Kraft mehr. Ich lege euch noch etwas Geld bei. Ich werde immer an euch denken. Liebe Grüße Petra.

(Abschiedsbrief der Angeklagten an ein befreundetes Ehepaar,
15. März 2015)

SIEBEN

Mit Datum des 28. Juli 2014 erhob der Ehemann eine Zivilklage gegen die Angeklagte. Er beantragte, die Angeklagte habe ihm eine Genugtuung von 110 000.- Euro zu bezahlen, allenfalls habe das Gericht die Genugtuung nach Ermessen festzulegen.

(Zivilklage des Ehemanns gegen die Angeklagte, 28. Juli 2014)

ACHT

Sehr geehrte Familie Huber,
ich bin am Ende, mein Mann hat mich brutal zusammengeschlagen, ich habe ein Arztzeugnis, doch bei der Polizei verdreht mein Mann alles ins Gegenteil. Wenn Sie das lesen, bin ich mit den Kindern schon in einer anderen Welt. Ich war immer gerne bei Ihnen auf dem Campingplatz. Bitte nehmen Sie das Geld und verschrotten Sie meinen Wohnwagen. Wenn noch etwas übrig bleibt, stecken Sie es in den Campingplatz. Wenn es nicht reicht, können Sie meinem Mann ja die Rechnung schicken.
Liebe Grüße Petra mit David und Lea

(Brief der Angeklagten an das Ehepaar Huber, 16. März 2015)

NEUN

Ein Grund, warum ich zu dem hohen Turm fuhr, war auch, dass ich zugenommen hatte und mein Mann an mir herumnörgelte. Mein Sohn neigte zu Übergewicht. Meine Tochter hat einen Bauchansatz und mein Mann hat immer an mir herumkritisiert, dass ich den Kindern Falsches zu essen gebe.

(Auszug aus der Befragung der Angeklagten, 17. März 2015)

ZEHN

Ich bin die Frau von Erich Kolbe, ich möchte Ihnen einmal etwas schreiben, dass Sie die Wahrheit kennen über meinen Mann, Ihren ach so angesehenen Mitarbeiter. Er hat von meinem Erbe profitiert. Von meiner Erbschaft hat mein Mann seine Schulden bezahlt. So hat er mich ausgenutzt. Er ist mit meinem Auto gefahren, obwohl er keine Fahrerlaubnis besitzt. Er hat mich von seinen Kollegen ferngehalten. Er hat mir vorgehalten, ich sei zu dick. Er hat dafür gesorgt, dass ich nie etwas alleine unternehmen konnte. Um die beiden Kinder habe ich mich ganz allein kümmern müssen. Er will mich wegen einer Frau verlassen, die er beim Dartspielen kennengelernt hat.

(Brief an den Vorgesetzten ihres Ehemannes, 16. Januar 2015)

ELF

Weißt du, warum ich anrufe? Ich habe genug von diesem Leben. Ich kann nicht mehr. Hör gut zu! Lea habe ich schon vom Turm geworfen. Sie liegt da unten. Ich kann sie kaum sehen. Es ist noch so dunkel. Gleich, wenn ich aufgelegt habe, ist David dran. Du bekommst die Kinder nicht! Und dann springe ich selbst. Ich gehe und die Kinder nehme ich mit. Mit dieser Schuld musst du leben. Dein Leben lang.

(Handy-Anruf der Angeklagten bei ihrem Ehemann, 17. März 2015, 4:05 Uhr)

ZWÖLF

Am 17. März 2015 um Viertel nach Sechs erschien die Angeklagte am Schalter des Polizeireviers Neckarau am Rheingoldplatz und erklärte, sie habe soeben ihre beiden Kinder von einem hohen Turm geworfen. Durch Nachfragen wurde klar, dass es sich nur um den Teltschik-Turm bei Wilhelmsfeld handeln konnte. Ihre ursprüngliche Absicht, sich anschließend selbst auch vom Turm zu stürzen, habe sie nicht mehr ausführen können, da sie der Mut verlassen habe. Die sofort ausgerückten Polizeibeamten fanden vor Ort tatsächlich die Kinder. Sie waren tot. In beiden Leichen wurde Diphenhydramin gefunden. Bei der Spurensicherung am Tatort wurden auf dem Parkplatz „Langer Kirschbaum" in der Nähe des Teltschik-Turms drei leere Bierflaschen sichergestellt. Im Mietwagen, der auf dem Parkplatz beim Polizeigebäude stand, wurden auf dem Rücksitz zwei Kindersitze sichergestellt. Im Fußbereich des Beifahrersitzes lagen neben einer Stofftasche drei Kronkorken der Marke Eichbaum und ein Flaschenöffner. Auf der Mittelkonsole konnte eine weißliche eingetrocknete Substanz gesichert werden. Im Kofferraum befand sich ein Kinderbuggy, in dessen Netztasche lag ein Kassenzettel vom 14. März 2015, 12:29 Uhr, betreffend Kauf von 20 Tabletten Betadorm bei der Marien-Apotheke in Mannheim-Neckarau. In der Handtasche konnten Abschnitte der Ausweiskarten von ihr und ihren Kindern sichergestellt werden. Die restlichen Teile sowie eine Jahreskarte der MVV, eine EC- und eine Payback-Karte wurden von der Polizei in der Mülltonne gefunden. Die EC-Karte und die Payback-Karte waren gedrittelt. Bei den Ausweiskarten waren die Fotos weggeschnitten. Alle Fotos waren in viele Einzelteile zerschnippelt.

(Polizei-Protokoll, 17. März 2015, 7:30 Uhr morgens)

DREIZEHN

Am 17. März 2015, um ca. 10.00 Uhr, wurde ich von der Polizei über den Tod meiner Kinder informiert. Ich erschien hierauf bei der Kriminalpolizei und sagte aus, dass ich am Vorabend um ca. 23:00 Uhr ins Bett gegangen sei. Um vier Uhr erhielt ich den ersten Anruf. Meine Frau sagte mir, sie habe einen Brief bei der Eingangstüre in der Dachrinne deponiert. Ich habe den Brief, den ich bei der Polizei vorlegte, hereingeholt und gelesen. Dieser lautet wie folgt:

„Hallo, das ist mein letzter Brief von mir und den Kindern, du hast alles kaputt gemacht mit deinen Lügengeschichten, jetzt ist es soweit, ich werde mit den Kindern in eine andere Welt fliegen. Du hast ja Deine Super-Kollegen, die werden Dir sicher über den Schmerz helfen. Eines kann ich Dir sagen Du wirst Dein Leben lang Dich fragen? Warum habe ich gelogen? Du hast eine schwere Strafe, aber die ist gerecht. Ein letzter Kuss von Deiner Frau mit David und Lea. Ich nehme die Kinder mit, dann weiß ich, dass es Ihnen gut geht."

Ich nahm den Brief nicht ernst. Es war nicht das erste Mal, dass sie mir so oder ähnlich drohte. Eine Viertelstunde später klingelte wieder das Telefon und meine Frau teilte mir mit, dass sie auf einem hohen Turm stehe und soeben Lea hinutergeworfen habe. Sie werde jetzt auch noch David runterwerfen. Ich sagte ihr, sie solle nicht so einen Schwachsinn verbreiten und hängte auf. Sie habe schon im Januar dieses Jahres angerufen und gesagt, sie stehe auf einer Brücke und mache nun Schluss. Damals wollte ich, dass sie psychiatrische Hilfe bekomme. Sie entgegnete, ich sei derjenige, der krank sei. Auf jeden Fall glaubte ich, sie ziehe wieder eine Schau ab, nur um Aufmerksamkeit zu bekommen. Zehn Minuten später klingelte es wieder. Ich nahm ab und meldete mich mit: „Was ist denn?" Sie antwortete: „Jetzt ist auch David zu den Engeln geflogen. Und jetzt springe ich."Sie legte auf. Nein, an ihrer Redensart ist mir nichts aufgefallen. Nein, ich war nicht beunruhigt. Ich war so etwas gewohnt von ihr. Es klingelte noch mehrmals in dieser Nacht, aber ich nahm die Anrufe nicht mehr entgegen.

(Aussage des Vaters der beiden Kinder, 17. März 2015, gegen Mittag)

VIERZEHN

Die Auswertung der Handy-Verbindungsnachweise ergab, dass die Angeklagte ihren getrennt lebenden Ehemann am 17. März 2015 um 4:03 Uhr, um 4:14 Uhr, um 4:28 Uhr, um 4:34 Uhr, um 4:40 Uhr und um 4:47 Uhr angerufen hatte. Die Auswertung des Handys des Ehemanns ergab, dass er die vom Mobiltelefon der Angeklagten eingegangenen Anrufe um 4:03 Uhr und um 4:14 Uhr entgegengenommen hatte. Auf der SIM-Karte waren unter anderem folgende Kurzmeldungen der Angeklagten gespeichert:

8. Februar 2015: „Denk dran, was du mir und den Kindern angetan hast! Dafür wirst du dein Leben lang schwer bezahlen bis an dein Ende."

26. Februar 2015: „Falls es dich interessiert, ich habe deinem Chef geschrieben, dass du mich geschlagen hast und ihm noch ein paar Lügen von dir erzählt."

28. Februar 2015: „Denke daran, ich habe drei Sicherheitsmänner angestellt, einer in der Wohnung, zwei draußen. Die sind in zehn Sekunden da, wenn es nötig wird."

Aus nicht eruierbarer Quelle und in der Speicherung undatiert wurde ferner geschrieben: „Hallo, du bist ein Versager. Im Geschäft. Als Fußballtrainer. Im Dart. Bei deiner Familie."

(Protokollnotiz zur Aussage des Ehemanns, 19. März 2015)

FÜNFZEHN

David und Lea waren nie ernstlich krank. Die Angeklagte erschien stets pünktlich und regelmäßig zu den Vorsorgeuntersuchungen. Hinweise auf Kindsmisshandlungen haben sich während der Untersuchungen nie ergeben. Die Angeklagte ist immer sehr zuverlässig und kooperativ gewesen und hat sich stets zum Wohl der Kinder eingesetzt.

(Aus dem Arztbericht des Kinderarztes, 29. März 2015)

SECHZEHN

Mein Mann soll mit seinen Lügengeschichten weiter leben. Ich kann es nicht. Sie können ihm noch ausrichten, das Auto habe ich verkauft, das Geld bekommt er nicht, ich habe es schon weitergegeben. Ich nehme meine Kinder mit, dann weiß ich, dass es ihnen gut geht.

(Abschiedsbrief der Angeklagten an den Vorgesetzten ihres Ehemannes, verfasst am 16. März 2015)

SIEBZEHN

Ich lebte mit meinem Mann in Trennung und im Streit. Ich bin seit vier Jahren verheiratet. Während dieser Zeit bin ich von meinem Mann angelogen und schließlich verlassen worden. Seit der Geburt der Tochter vor zwei Jahren habe ich immer zu Hause bleiben müssen. Nachdem mein Mann mich verlassen hat, hat er immer wieder damit gedroht, dass ich in die Psychiatrie müsse und die Kinder ihm zugewiesen würden. Er hat mich auch überall schlecht gemacht und hat zum Beispiel erklärt, ich sei Alkoholikerin, was nicht stimmt. Er terrorisiert mich mit Lügen und Telefonanrufen. Die Anrufe sind jedoch nicht von meinem Mann gekommen, sondern von einer unbekannten Person. Ich habe diesen Terror nicht mehr ausgehalten und wollte mich mit den beiden Kindern umbringen. Deshalb bin ich mit ihnen heute gegen Viertel nach drei von meiner Wohnung in der Steubenstraße zum hohen Turm nach Wilhelmsfeld gefahren, wo ich um vier Uhr angekommen bin. Dort habe ich die beiden Kinder vom Turm hinuntergeworfen, um anschließend selbst hinunterzuspringen. Ich habe mir mit drei Flaschen Bier Mut angetrunken und habe springen wollen, es aber nicht gekonnt. Die Kinder wollte ich in den Tod mitnehmen, ich wollte verhindern, dass diese zu meinem Mann kommen. Den Gedanken an eine solche Tat habe ich schon seit Donnerstag, den 12. März 2013. Ich habe damals zu Hause alles ausgeräumt und alle Papiere vernichtet.

(Befragung der Angeklagten vom 17. März 2015, 8:10 Uhr)

ACHTZEHN

Am 17. März 2015, 8:25 Uhr, wurde die Angeklagte von mir untersucht. Sie erklärte dabei, sie habe innerhalb von ca. 30 Minuten drei Flaschen Bier getrunken. Sie war depressiv und suizidal, ansonsten weitgehend unauffällig. Von Drogen- und Medikamenteneinfluss war nichts festzustellen. Die Blutalkoholanalyse ergab einen rückgerechneten Wert für die Tatzeit von minimal 0,55 Promille. Weder die Blutuntersuchung noch die chemisch-toxikologische Untersuchung zeigten körperfremde Stoffe in laborchemisch nachweisbarer Konzentration. Damit können insbesondere der Konsum von Betäubungsmitteln wie Barbituraten, Benzodiazepinen und Opiat-Pharmaka innerhalb der letzten zwei bis drei Tage vor der Blut- und Urinentnahme ausgeschlossen werden. Laut Autopsiebericht wurde bei beiden Leichen Diphenhydramin festgestellt, ein Wirkstoff, der in Betadorm enthalten ist. Die Konzentration bei dem Jungen liegt hierbei im toxischen Bereich.

(Aus dem Arztbericht, 18. März 2015)

NEUNZEHN

Von Terroranrufen weiß ich nichts. Ich habe mit meiner Frau darüber gesprochen, dass ich ja auch anonyme Anrufe bekommen habe. Einmal habe ich eine SMS bekommen, darin wurde ich als Schlappschwanz bei der Familie, beim Fußball und beim Dartspielen bezeichnet. Mit den Anrufen, man wolle meiner Frau die Kinder wegnehmen, habe ich nichts, aber auch rein gar nichts, zu tun. Das müssen Sie mir wirklich glauben.

(Befragung des Ehemanns am 17. März 2015 um 12:20)

ZWANZIG

Am 12.3.2015, fasste die Angeklagte gemäß eigener Aussagen den Entschluss, aus dem Leben zu scheiden und ihre Kinder mitzunehmen. Seit diesem Zeitpunkt begann sie entsprechende Vorbereitungshandlungen zu treffen: Am 12.3.2015 rief sie von ihrem Festnetzanschluss verschiedene Fahrzeughändler an, um ihren Personenwagen zu verkaufen. Nachdem sie das Auto verkauft hatte, mietete sie am 14.3.2015 bei der AVIS-Autovermietung in der Augartenstraße für drei Tage einen Mietwagen. Am 14.3.2015 warf sie sämtliche persönlichen Unterlagen wie Ausweise, Fotoaufnahmen, Briefe usw. von sich und den Kindern in den Müll. In der Mülltonne konnten am 17.3.2015 von der Polizei Teile von Ausweisen sichergestellt werden. Die Angeklagte löste ihre Konten auf und sandte das Geld ihrer Mutter sowie einer Kollegin. Dies wird von der Verteidigung allerdings bestritten; es habe sich lediglich um Geld aus dem Verkauf des Autos gehandelt.

(Auszug aus der Anklageschrift vom 28. April 2015)

EINUNDZWANZIG

Hallo, ich habe noch etwas für dich zum Lesen. Es ist schön in der Psychiatrischen Klinik, du weißt es ja. Du warst auch schon hier. Leider muss ich nicht ins Gefängnis, wie du gerne möchtest. Die Wahrheit liegt draußen, wir haben eine schwere Last zu tragen, wir haben unsere Kinder nicht mehr. Du weißt es genau, du bist der Auslöser dafür und wirst dein Leben lang daran mittragen. Du kannst weiter Lügen über mich verbreiten, ich werde alle Leute aufklären. War es auf dem Gericht schön? Musstest du zugeben, dass du ein Schläger bist? Ich habe für dich noch Überraschungen, aber die kommen später. Dir wird noch das Hören und das Sehen vergehen.

(Aus einem Brief der Angeklagten an ihren Ehemann, 22. Juli 2015)

ZWEIUNDZWANZIG

Mit Datum vom 15. März 2015 wurde gegen den Ehemann ein Strafverfahren wegen Tätlichkeit zum Nachteil seiner Ehefrau eingeleitet. Die Ehefrau sei am 26. Februar 2015, als ihr Mann aus der gemeinsamen Wohnung ausgezogen sei, von ihrem Mann wie schon öfter tätlich angegriffen worden. Im Verlaufe eines Streits habe er mit der Hand gegen ihre Oberarme geschlagen und habe sie mit den Schuhen gegen die Beine getreten. Als sie vor Schmerzen geschrien habe, habe er die eheliche Wohnung verlassen. Der Ehemann seinerseits erklärte, seine Frau sei zuerst tätlich gegen ihn geworden, worauf er zurückgeschlagen habe. Gemäß ärztlichem Zeugnis zeigten sich bei der Ehefrau deutliche Schwellungen und Blutergüsse im Bereich des äußeren Vorfußes rechts, im Bereich des Großzehengrundgelenkes und der benachbarten Weichteile, des weiteren deutliche Druckschmerzhaftigkeit im Bereich des Mittelfußknochens des rechten Fußes sowie Druckschmerzhaftigkeit im Bereich des Mittelfußknochens rechts und mehrere ca. 3 x 5 cm große Blutergüsse im Bereich des mittleren Oberschenkels links.

(Aus dem Strafverfahren gegen den Ehemann wegen Tätlichkeit)

DREIUNDZWANZIG

Ich bin freiwillig in die Psychiatrie des ZI eingetreten. Ich bin bei der Mutter und dem Stiefvater aufgewachsen. Zu Hause war ich ein armes Schwein, wurde geschlagen und bin mit 14 zur Tante gekommen. Ich habe drei Jahre Maler gelernt, dann wurde ich Vater einer Tochter. Ich habe keinen Kontakt mehr zu ihr. Wegen eines Rückenleidens konnte ich meinen Beruf als Maler nicht mehr ausüben. Ich war einige Jahre arbeitslos, bis ich 2012 in einem Büro einen Job gefunden habe, einfache Botengänge, kleine Reparaturen und so, nicht sehr lukrativ, aber besser als nichts. Meine Frau habe ich 2010 bei der Fastnacht kennengelernt. Sie hatte ein Inserat aufgegeben. Vor der Heirat im Jahre 2011 haben wir schon zusammen gewohnt. Bis vor einem Jahr war die Ehe gut. Dann hat meine Frau eine Erbschaft gemacht und gesagt, zwischen uns stimme es nicht mehr. Es war alles wegen des Geldes. Sie machte mir Vorwürfe, ich sei ein Krüppel, ich wolle nichts unternehmen, wolle nur zu Hause rumsitzen. Anfang September 2014 hat es einen Streit gegeben. Ich habe zu ihr gesagt, wenn du mich noch einmal schlägst, ziehe ich aus. Meine Frau ist kräftig. Vor der Geburt unserer kleinen Tochter Lea hat sie, solange ich arbeitslos war, als Lastwagenfahrerin gearbeitet. Sie wusste von meinen Schwachstellen auf dem Rücken und auf dem Kopf. Dahin hat sie mich immer geschlagen. Sie hat sich dann aus der Küche eine Flasche Wein geholt und sich im Bad eingeschlossen. Sie weinte und schluchzte laut. Sie hat gesagt, sie habe sich die Pulsadern aufgeschnitten. Ich habe es ihr nicht geglaubt und habe gepackt und wollte zu einem Freund. Gerade als ich das Haus verlassen hatte, klingelte mein Handy. Sie verblute, teilte meine Frau mir mit. Im Hintergrund schrien die Kinder. Es hat sich dann aber herausgestellt, dass nichts passiert war. Einen Monat später gab es den nächsten Streit. Sie hat mir vorgeworfen, ich spiele nur Dart und würde mich nicht um die Kinder kümmern. Sie hat die Wohnung verlassen und mich später angerufen. 'Ich stehe auf einer Brücke', hat sie gesagt. 'Ich springe jetzt'. Später hat sie mir dann gesagt, sie habe nur austesten wollen, wie weit sie mit mir gehen könne. Am 26. Februar 2015 bin ich dann ausgezogen. Dabei ist es zu neuen unschönen Szenen gekommen. Ich wurde gegen sie tätlich, aber vorher hatte sie auf mich eingeschlagen. Die Beziehung zu den Kindern ist sehr gut gewesen. David wollte sogar mit mir mit. Die Kinder habe ich nie geschlagen. Meine Frau, ja, sie konnte auch eine gute Mutter sein. Aber das wechselte von einem Moment auf den anderen. Dann schlug sie auf die Kinder ein. Sie drohte auch, sie gehe mit den Kindern ins Ausland. Ich glaube nicht, dass sie die Kinder falsch ernährt hat. Ich habe ihr vorgeworfen, dass sie nach der Schwangerschaft zugenommen hat. Ich habe aber nie behauptet, die Kinder seien zu dick. Ja, ich habe bei meiner Ex-Freundin Schulden gehabt. Die habe ich aber mit meinem eigenen Geld zurückgezahlt. Die Schulden waren beglichen, bevor meine Frau geerbt hat.

(Aus dem Protokoll der Befragung des Ehemannes, 20. März 2015)

VIERUNDZWANZIG

Die Angeklagte leidet an einer Persönlichkeitsstörung, welche durch ein Unvermögen zum Erleben von Freude, durch eine flache Affektivität und Unvermögen, warme, zärtliche Gefühle anderer gegenüber zu zeigen sowie durch eine indifferente Reaktion auf Lob und Kritik gekennzeichnet ist. Hinzu kommen ein nachhaltiger Groll bei Kränkungen, eine mangelnde Flexibilität und Kompromissbereitschaft sowie eine ausgesprochene Selbstbezogenheit. Die Angeklagte leidet demnach an einer kombinierten Persönlichkeitsstörung mit emotional-instabilen und paranoiden Anteilen. Die Auswirkungen dieser Störung auf ihre Fähigkeit, mit anderen Menschen umgehen zu können, sind zweifellos schwerwiegend. Die Täterin wollte ihren Kinder das Leben in einer feindlichen Welt nicht weiter zumuten und mit ihnen in eine bessere Welt eintreten. Grundlage kann eine psychotische Verkennung der Welt im Sinn eines Wahns oder eine Verzerrung der Realität im Rahmen einer Persönlichkeitsstörung sein. Beim Rachefilizid soll der Partner getroffen werden. Man spricht auch vom „Medea"-Motiv. Es ist nicht daran zu zweifeln, dass die Angeklagte um das Unrecht ihrer Tat gewusst hat. Die Einsichtsfähigkeit ist somit nicht beeinträchtigt.

(Aus dem psychiatrischen Gutachten des Dr. Frei, 13. März 2015)

FÜNFUNDZWANZIG

Die ersten beiden Ehejahre waren super. 2012 ging er dann arbeiten und wurde ein anderer Mensch. Ich konnte nicht mehr fort. Er ging zum Dart. Wenn ich mit einer Freundin weg wollte, sagte er, ich solle die Kinder abschieben, was ich nicht machte,. Er sagte, er bringe das Geld nach Hause, ich solle den Mund halten. Der Junge litt darunter, er gab sich mit seinem Sohn nicht ab. Von der Tochter ganz zu schweigen. Die existierte für ihn gar nicht. Er sagte immer, er habe Rücken- und Kopfschmerzen, er müsse zum Arzt. Dabei ging er zum Dart. Er schlug mich und die Kinder, er merkte nicht mehr, was er machte. Wenn er mit den Kindern wegging, dann zu McDonalds! Oder er nahm den Jungen zum Dart mit. Mit mir ging er ja nicht mehr weg. Mich nahm er ja nicht mehr mit. Ich war ihm zu dick. Wenn wir mal miteinander spazieren gingen, lief er zehn, zwanzig Meter voraus, damit er sich nicht zu schämen brauchte. Die Kinder gingen gerne baden, er kam nicht mit. Er schämte sich für uns. Die Kinder haben geweint. Das war ihm alles egal.

(Befragung der Angeklagten, 21. März 2015)

SECHSUNDZWANZIG

Nach der Auseinandersetzung Ende Februar 2015 wollte ich am ersten März meine restlichen Sachen abholen. Meine Frau hat eine private Sicherheitsfirma engagiert, drei Männer, die an verschiedenen Punkten postiert waren. Ich bin dann mit Kollegen gekommen. Meine Frau meinte, die Kollegen kämen nicht in die Wohnung, ich solle meinen Kram gefälligst alleine schleppen. Es gab dann Differenzen wegen des Abtransports der Möbel. Also rief ich die Polizei. Meine Frau rief auch die Polizei. Zwei Polizisten sind dann gekommen, eine Frau und ein Mann. Die haben meine Frau zusammengeschissen. Die Kollegen durften dann die Möbel aus der Wohnung tragen. Innerhalb von dreißig Minuten war die Sache über die Bühne gebracht. Ich habe dann vergessen, meinen Schlüssel abzugeben. Noch am gleichen Tag hat sie einen neuen Zylinder einbauen lassen. Ist das nicht krank?

(Vernehmung des Ehemanns vor Gericht, 21. Juni 2016)

SIEBENUNDZWANZIG

Ja, das stimmt. Er unterstellte mir, ich gebe den Kindern falsch zu essen. Er aß abends selten mit, er kam immer spät nach Hause. Er verpflegte sich dann aus dem Kühlschrank. Das war so in den letzten zwei Jahren. Am Wochenende habe ich schon mal gekocht. Er hat dann immer gemeckert, es sei keine Butter drin. Abends wollte er immer Dessert. Er wollte Dessert essen und ich sollte zuschauen, weil ich ja so dick bin. So stellte er sich das vor. Einmal hat er mich in einem Restaurant vor seinen Kollegen bloßgestellt. 'Du musst doch gar nichts essen', hat er gesagt. 'Du bist doch dick genug.'

(Aussage der Angeklagten vor Gericht, 24. Juni 2016)

ACHTUNDZWANZIG

Sie hat mir dann am Telefon vorgejammert, ihr Mann habe sie zusammengeschlagen. Da musste ich wirklich lachen. 'Der hat doch keine Chance gegen dich, der Hänfling', habe ich zu ihr gesagt. 'Die Verletzungen hast du dir doch selber beigebracht.'

(Aussage einer Kollegin des Ehemannes vor Gericht, 5. Juli 2016)

NEUNUNDZWANZIG

Die Tatsache, dass die Angeklagte letzten Endes nicht Selbstmord begangen hat, bedeutet nicht, dass sie von vorneherein geplant hat, lediglich ihre Kinder zu töten. Dies spricht aber für eine erhaltene Reststeuerungsfähigkeit. Aus forensisch-psychiatrischer Sicht ist im vorliegenden Fall sowohl der Aspekt des Mitnahmesuizids als auch das „Medea"-Motiv zu berücksichtigen. Warum? Das Rachemotiv wird aus den Telefonaten deutlich. Wenn jemand sagt, 'Geh schauen, ich habe einen Brief hinterlegt', dann deutet das auf Rachemotive hin. Viele Selbstmorde haben diesen Racheaspekt. Suizide, gerade wenn sie grausam geschehen, haben immer etwas von einem Racheaspekt an sich. Dass die Angeklagte diesen Brief in der Dachrinne hinterlegt hat, hat mit Rache zu tun. Das Telefonat von der Brücke war ein eindeutiger Hinweis auf ein Rachemotiv. Auch hat die Angeklagte einmal zu mir gesagt, schlussendlich sei ihr Ehemann an allem schuld. Das deutet auch auf Rache hin.

(Aussage des Dr. Frei zu seinem Gutachten, 5. Juli 2016)

DREIßIG

Die Angeklagte Petra Körner hat sich schuldig gemacht der mehrfachen vorsätzlichen Tötung, begangen am 17. März 2015 in Wilhelmsfeld am Teltschik-Turm, zum Nachteil ihrer Kinder David und Lea. Die Angeklagte wird deswegen mit einer Gefängnisstrafe von acht Jahren bestraft. Die Untersuchungshaft von insgesamt 116 Tagen wird auf die Strafe angerechnet. Die Angeklagte verpflichtet sich, sich einer ambulanten psychiatrischen Behandlung zu unterziehen. Die Verurteilung ist ins Strafregister einzutragen. Die beschlagnahmten Gegenstände sind zurückzugeben. Die Untersuchungs- und Gerichtskosten werden vollumfänglich der Angeklagten auferlegt. Der Haftbefehl wird bis zum Strafantritt außer Kraft gesetzt.

(Urteilsspruch, 8. September 2016)

EINUNDDREIßIG

Wer schuld am Tod der Kinder ist? Wer? Viele Beteiligte. Ich meine damit meine Familie. Die Leute beim Sozialamt oder bei Hartz IV. Die haben mich abblitzen lassen. Ich zähle mich auch zu den Schuldigen. Und mein Mann, natürlich mein Mann. Die Polizei, gewisse Kollegen. Warum? Mein Mann, weil er mich geschlagen hat und in mir die Erinnerungen an früher wachgerufen hat. Als er mich geschlagen hat, hat er wieder Gefühle in mir hervorgerufen, die ich verdrängt hatte, als ich mit 16 Jahren meine Familie verlassen hatte. Ich wurde nämlich früher immer geschlagen. Als mein Mann uns verlassen hatte, haben wir am Existenzminimum gelebt. Ich weiß nicht, ob Sie wissen, was das heißt, aber ich bin in Armut aufgewachsen.

(Vernehmung der Angeklagten vor Gericht, 15. August 2016)

ZWEIUNDDREIßIG

Sie spülte das Geschirr, trocknete die Tasse, den Teller und das Messer ab und räumte das Geschirr in den Schrank. Sie wischte mit dem Lappen über die Spüle und trocknete nach. Der Stahl der Spüle glänzte. Sie sah, wenn auch verzerrt, ihr Gesicht darin. Sie kontrollierte alle Zimmer, strich über das Kopfkissen der beiden Kinderbetten, obwohl sie glatt waren. Niemand sollte ihr vorwerfen können, sie habe ihre Wohnung nicht in einem ordentlichen Zustand hinterlassen. Sie packte den Müllbeutel und die kleine, dreistufige Küchenleiter und verließ das Haus. Die Uhr in der Küche zeigte 13:57 Uhr. Es war der 9. September. Mit der Küchenleiter, da war sie sich sicher, würde es gehen. Sie löste am Automaten an der Haltestelle einen Fahrschein und wartete auf die Bahn. Als sie einstieg, war es 14:12. Am Hauptbahnhof stieg sie um und dann noch einmal am Nationaltheater. Zwei Haltestellen nach dem Hauptfriedhof würde sie aussteigen müssen, direkt an der Tankstelle. Sie platzierte die Leiter neben sich vor dem freien Sitz. Ein älterer Mann stellte sich hin und wartete, dass sie die Leiter zur Seite nehmen würde. Als sie nicht reagierte, überlegte er einen Moment, sich zu beschweren. Dann sah er jedoch in ihre Augen, erschrak, drehte sich wortlos um und schüttelte den Kopf. Die Frau habe durch ihn hindurch gesehen, wie wenn er nicht existiere, würde er dem Reporter später erzählen. Mit der Küchenleiter habe sie seltsam ausgesehen. Neckarplatt, so hieß die Haltestelle, an der sie ausstieg. Es war 14:42 Uhr. Sie wartete, bis die Ampel auf Grün schaltete, überquerte die Straße, ließ die Tankstelle rechts liegen, die Benzinpreise waren schon wieder gefallen. Die leichte Steigung zur Schleuse machte ihr zu schaffen. Sie blieb auf halben Weg stehen, stellte die Leiter ab und verschnaufte. Sie schaute auf ihre Uhr. 14:56 Uhr. An der Schleuse war nicht viel los. Vereinzelt kamen Radfahrer vorbei. Ein junger Vater zeigte seinem Sohn, wie ins hintere Tor der Feudenheimer Schleuse gerade ein Lastkahn, von Heidelberg kommend, einfuhr. Sie stellte die Leiter an den Zaun, der das Betriebsgelände absperrte, kletterte hinauf und sprang auf der anderen Seite hinunter. Sie ging zu dem Metallpodest vor, das die Schleusenkammer überspannte und kletterte auf die Brüstung. Ihr wurde schwindlig, als sie unter sich die leere Kammer sah. Links und rechts waren Gerüste aufgebaut. Am Ende der Schleuse sah sie Arbeiter, die wie Playmobilfiguren wirkten. Sie drehte sich um, sah auf der anderen Seite des Neckars einen Güterzug, der sich scheinbar lautlos auf die Brücke zubewegte. Das Kreischen einer Säge überdeckte alle Geräusche. Sie sah den jungen Vater, dessen ausgestreckter Arm in ihre Richtung deutete, sah seinen weit aufgerissenen Mund. Er habe schreien wollen, sei jedoch wie gelähmt gewesen, als er die Frau auf der Brüstung entdeckt habe, würde er dem Reporter später erzählen. Kurz nach drei sei es gewesen, als die Frau einfach gesprungen sei. Nein, einen Schrei habe er nicht gehört. Aber das sei nicht verwunderlich. Schließlich sei ein nicht enden wollender Güterzug gerade in diesem Augenblick vorbeigefahren.

Mein blonder Engel

Ich saß in meinem Auto, hatte den Kopf auf das Lenkrad gelegt und die Augen geschlossen. Sah sie vor mir. Letzte Woche. Ihre verweinten Augen. Wie sie ihr Gesicht an meinen Oberarm drückte. Wie ich den Lenker meines Rennrades umklammerte. Wie ich stur auf die Ampel starrte. Mit unbewegtem Gesicht. Sichtlich genervt. Gleich wird die Ampel auf Grün springen und ich werde in die Pedale treten. „Was willst du?"
„Dich, Jochen."
„Mein Gott, Tanja."
„Jochen!"
„Kapier doch, dass es vorbei ist."

Ein Schlag ließ mich hochfahren. Ein dumpfer Knall nicht weit entfernt. Vielleicht sprengten sie in der Nähe einen alten Fabrikschornstein. Oder ließen eine vergessene Bombe aus dem Zweiten Weltkrieg kontrolliert hochgehen. Soll vorkommen hier in der Rhein-Neckar-Region. Ich war den ganzen Tag gefahren. Wollte nur weg. Weit weg. Meine Hände waren feucht. Ich ließ den Kopf auf das Lenkrad zurücksinken. Plötzlich wurde die Beifahrertür aufgerissen. Ich wusste nicht, wie viel Zeit seit dem explosionsartigen Knall vergangen war. Eine Minute oder drei Stunden? Ich spürte etwas Kaltes, Metallenes an meiner Schläfe. Als ich aufschauen wollte, verstärkte sich der Druck.
„Losfahren! Sofort!"
Eine junge Stimme. Eine Frauenstimme.
Sollte ich den Zündschlüssel umdrehen? Sollte ich losfahren? Wer war die Frau mit der Pistole? Was führte sie im Schild? Was, wenn ich nicht reagierte? Wenn ich am Straßenrand stehen blieb? Machte sie ihre Drohung wahr? Würde sie abdrücken?

Viele kleine Explosionen mitten in mir. Dann: Dunkelheit. Stille. Und damit wäre Schluss. Mir ging es nicht gut im Moment. Aber es sollte weitergehen. Ich wollte nicht, dass Schluss ist.

Ich drehte den Schlüssel um. Ich ließ die Kupplung kommen.

„Schneller!"

Ich trat das Gaspedal voll durch. Die Reifen heulten auf.

„Da vorne links."

Weit entfernt hörte ich eine Polizeisirene. Sie fingerte am Autoradio herum.

„Wir unterbrechen unser Programm für eine aktuelle Meldung. Der Sportversuchsleiter eines Ingolstädter Autokonzerns ist in Bayern mit einem Rennwagen in den Tod gerast. Der 44-jährige war mit einem für öffentliche Straßen nicht zugelassenen Rennwagen mit profillosen Reifen, sogenannten Slicks, unterwegs. Der Fahrer, so ein Polizeisprecher, sei bei seiner Todesfahrt nicht angegurtet gewesen. Der Versuchsleiter war mit überhöhter Geschwindigkeit nach einer Kurve aufs rechte Bankett geraten. Dabei hatte sich der Wagen mehrmals überschlagen. Der Pressesprecher des Konzerns würdigte den seit 20 Jahren bei dem Unternehmen arbeitenden Versuchsleiter als Mann mit überzeugender Fachqualifikation und unerschöpflicher Energie. Es wurde betont, dass es sich bei dem Todeswagen um kein aus der Eigenproduktion stammendes Modell handele."

Sie schaltete das Radio aus.

„Schwachsinn", murmelte sie vor sich hin. Ich grübelte darüber nach, was sie meinte.

„Wen, zum Teufel, interessiert das? Da vorne anhalten."

Ich fuhr rechts ran. Endlich konnte ich einen Blick auf sie werfen. Blonder Bürstenschnitt. Nasensticker. Die Pistole hatte sie weggesteckt.

Mein blonder Engel!

„Kopf aufs Lenkrad, bis fünfhundert zählen. Verstanden?"

Ich nickte.

„Kein Wort über uns."

Und schon war sie verschwunden.

Sollte ich brav bis fünfhundert zählen? 498, 499, 500. Ich würde hochschauen. Die Straße vor mir wäre leer. Das wäre es dann gewesen. Schluss. Aus. Vorbei. Es sollte nicht Schluss sein. Ich wollte mich an die Verfolgung machen.

12, 13, 14. Ich linste durch das Lenkrad. Ich sah sie über die Straße huschen. Auf einem Feldweg auf der anderen Straßenseite parkte ein Fiat Panda. Sie stieg ein, setzte zurück und fuhr in entgegengesetzter Richtung davon. Ich wartete einige Sekunden und wendete. In der Ferne sah ich ihre Rückscheinwerfer. Ich machte mich an die Verfolgung. Der Fiat wählte den Weg zum Autobahnzubringer. Die Autobahn war wenig befahren. Die Fahrt kam mir endlos vor. Inzwischen war es dunkel geworden. Endlich setzte der Panda den rechten Blinker. Wir verließen die Autobahn. Dann wieder Landstraße. Vereinzelt Häuser. Große Gärten. Feste, hohe Mauern um die Grundstücke. Der Fiat hielt vor einem eisernen Tor an. Wie von Zauberhand ging das Tor auf. Und schon war der Panda verschwunden. Ich parkte meinen Wagen versteckt hinter einem Gebüsch und lehnte mich bequem zurück. Ich hatte Zeit.

Als ich die Augen aufschlug, war heller Tag. Ich quälte mich aus dem Auto und reckte und streckte mich. Dann entdeckte ich den Zettel unter dem Scheibenwischer.

„Süß geträumt, Kleiner? Wenn du Sehnsucht nach mir hast, wir sehen uns in ...“

Das letzte Wort war unleserlich. Ich fuhr los, hielt nach einer Tankstelle Ausschau. Ich musste tanken. Ich hatte Glück. Nach wenigen Minuten wurde ich fündig. Ich tankte und nahm mir an der Kasse noch die regionale Tageszeitung. Rhein-Neckar-Anzeiger. Ich musste grinsen. Origineller Name.

„Fünf Tote bei rätselhaftem Attentat
Großfahndung bisher erfolglos
Vergangene Nacht kam es zu einem folgenschweren Attentat. Eine Gruppe junger Leute brachte einen Güterzug in der Nähe von Mannheim zum Stehen. Eine Frau mit blondem Bürstenhaarschnitt drückte dem Lokführer ein in Geschenkpapier eingewickelte Päckchen in die Hand, das wenige Sekunden später explodierte. Der Lokführer, zwei Zugbegleiter und

zwei der Attentäter waren auf der Stelle tot. Bislang ging kein Bekenner-
schreiben ein. Die Polizei tappt im Dunkeln. Unklar sei vor allem die Mo-
tivlage, so ein Polizeisprecher. Sachdienliche Hinweise nimmt jede Polizei-
dienststelle entgegen."

Ich schlug die Zeitung zu. Handgranate. Eine Handvoll Tote: Großfahndung. Mein blonder Engel! Als ich das Auto startete, sah ich den Panda, der an einer Zapfsäule vorfuhr. Und sie stieg aus. Nach dem Tanken verschwand sie zum Bezahlen. Ich kroch ich zwischen Vorder- und Rücksitz im Panda. Die Schnitzeljagd konnte weitergehen. Würde ich als blinder Passagier entdeckt werden? Wohin würde die Fahrt gehen. Tappte die Polizei noch immer im Dunklen?

Der Panda fuhr und fuhr und fuhr. Ich kauerte zwischen Vorder- und Rücksitzen, wurde gehörig durchgeschüttelt, hatte jede Orientierung und jedes Zeitgefühl verloren. Die Landschaft flog nicht an mir vorbei, und doch spürte ich die Geschwindigkeit, mit der das Auto die Landschaft durchpflügte. Irgendwann rollte der Panda aus, kam zum Stehen. Die Beifahrertür wurde aufgerissen, der Sitz nach vorne geklappt. Ich sah ein rotweiß gestreiftes Absperrband, dann erkannte ich das Bahnhofsgebäude in Mannheim-Friedrichsfeld.

Philosophischer Einwurf über kreisförmige Wege
Wir legen lange Wege zurück, um zu demselben Punkt zurückzukommen, von dem wir fliehen wollten.

Hier in der Nähe hatte ich vor einer Ewigkeit am Straßenrand gestanden, so kam es mir zumindest vor, hatte den Kopf aufs Lenkrad gelegt und gewartet. Dann sah ich sie, die junge Frau mit dem Bürstenhaarschnitt und dem Nasensticker. Sie lächelte mich an und hielt mir ein in Geschenkpapier verpacktes Päckchen entgegen. Dabei lächelte sie. Sie sah umwerfend aus. Mein blonder Engel!

Spielverderber

EINS

„Leder-Endres in den Planken, das werden Sie sicherlich bemerkt haben, besteht aus zwei Abteilungen. Die eine, die untere, da wo ich arbeite, spricht den Durchschnittsverdiener an. Ab und zu gibt es Sonderangebote, dann belagern auch mal Jugendliche unser Geschäft. Unsere teuerste Jacke kostet knapp unter 1000. Und die Abteilung oben, die ist ziemlich exklusiv. Nur was für Leute mit dickem Geldbeutel. Ich sage immer, wir sind die Unterklasse und oben ist die Oberklasse. Den charakteristischen Geruch von Haut und Leder, den werden Sie sicher bemerkt haben, als Sie hereingekommen sind. Mit jedem Schritt, den Sie weiter in den Laden tun, verstärkt sich dieser Geruch. Heute Morgen, als ich aufgeschlossen hatte, mischte sich sehr bald ein anderer Geruch dazu, ein unbestimmter Geruch. Und dieser fremde Geruch wurde stärker mit jeder Stufe, die ich zur Oberklasse hinaufstieg."

ZWEI

Nobelboutique. Unbestimmter Geruch. Wer denkt sich solche Anfänge aus? Und ich muss das ausbaden, ich werde ruckzuck in diesen Krimi gesteckt. Natürlich soll ich eine Leiche entdecken. Das verlangt der Autor. Das erwartet der Verleger. Das fordern die Leser. Ist schließlich ein Krimi.

Der Geruch. Der Geruch war so übel, das konnte unmöglich von einer einzigen Leiche herrühren. Wahrscheinlich lag da oben eine Verkäuferin aus der Boutique in ihrem Blut, daneben noch ein riesiger Hund, mindestens eine Dogge. Die Dogge des Boutiquenbesitzers, dem die Verkäuferin schon seit Längerem schöne Augen gemacht hatte. Und wahrscheinlich war es Montagmorgen. Und wahrscheinlich war die Hitze am Wochenende unerträglich gewesen. Wahrscheinlich 37 Grad. Mindestens. Wenn nicht noch mehr. Wundern Sie sich noch über diesen Geruch? Noch einmal: Wer hat sich diesen Anfang ausgedacht? Bei so einem Anfang verliere ich die Lust. Da könnte ich glatt zum Spielverderber werden. Ich mag nicht im nächsten Moment über übel riechende Leichen stolpern.

DREI

„Was sind das für Gedanken? Ohne mich würdest du nicht existieren. Ich habe dich ausgedacht. Und jetzt willst du nicht mehr funktionieren, wie ich mir das vorstelle? Wirst aufmüpfig. So geht das nicht!"

Verflixt, wer mischt sich da ein?

„Na ja. Vielleicht geht das doch. Wenn ich es überlege, so verkehrt ist das nicht. Dann habe ich weniger Arbeit. Genau. Ich muss mir nicht den Kopf zermartern. Kann mich gemütlich im Sessel zurücklehnen. Kann die Füße hochlehnen. Und wenn der Verleger nicht zufrieden ist, zucke ich mit der Schulter. Der Text hat sich halt so entwickelt. Einverstanden. Du kannst dein eigenes Ding durchziehen! Aber ich erwarte, dass du dir was einfallen lässt! Was mit Hand und Fuß!"

Bist du das, Autor? Spielen wir das Spiel nach meinen Spielregeln. Und komm mir ja nicht mit Spielverderber. Oder so.

VIER

„Noch ein Bier und einen Korn."

Hier an der Frittenbude fühle ich mich wohl, auch wenn der Stehtisch mal wieder einen Putzlappen vertragen könnte. Soll ich noch eine Currywurst bestellen? Wie das duftet! Was für ein Geruch! Riechen Sie!

„Noch eine Currywurst mit Pommes!"

Zärtlich streiche ich über meine neue Tasche. Echtes Schlangenleder. Exquisites Design. Mit der Tasche komme ich mir wie ein Zuhälter vor. Dem Typen war sein Grinsen schnell vergangen.

FÜNF

„Was für ein Parfum benutzen Sie denn?", frage ich ihn.

Der Kerl neben der Kasse grinst mich hochnäsig an, gibt aber seine Parfummarke nicht preis.

„Übel! Eine Vergewaltigung für meine Nase. Nicht auszuhalten, dieser Geruch. Beim nächsten Mal unbedingt Parfum wechseln. Und sparsamer dosieren!"

Ich sehe, wie er Luft holt, sich aufbläst, mich abkanzeln will. Ich halte ihm die Pistole unter die Nase. Ist nur eine Softgun. Aber das würden nicht mal Sie merken. Der Lederwarenverkäufer zischt wie eine Luftmatratze, aus der der Stöpsel gezogen wurde.

„Und jetzt lässt du die Scheinchen aus der Kasse rüberwachsen. Alle, verstehst du?"

Er nickt, bleibt aber regungslos stehen.

„Dalli, dalli, Freundchen!"

Er sieht mich an, bewegt die Lippen. So sehr ich mich anstrenge, ich höre keinen Ton. Aber ich verstehe. Der Typ hat zu viele Tatort-Krimis im Fernsehen gesehen. Da wirft der Räuber dem Typen an der Kasse immer eine Plastiktüte zu.

„Aufwachen, Freundchen. Das hier ist die Wirklichkeit."

Ich schnappe mir eine Tasche aus dem Regal neben mir, zufällig jene aus Schlangenleder. Die Kinnlade klappt dem Typen nach unten und es fällt ihm doppelt schwer, die Geldscheine in das edle Stück zu stopfen. Als die Kasse leer ist, schaut er mich an.

„Her damit. Und auf den Boden. Gesicht nach unten. Bis 4567 zählen. Laut. Und nicht mogeln!"

Richtig beschwingt hüpfe ich die Stufen nach unten. Zwei. Drei. Vier. Die Verkäuferin unten im Ramschladen schaut verunsichert nach oben. Elf. Zwölf. Dreizehn.

„Keine Sorge. Wette, dass er es nicht bis 4568 schafft?"

Achtzehn. Neunzehn. Zwanzig. Sie schaut leicht irritiert. An der Tür drehe ich mich noch einmal um und winke ihr zu. Vierunddreißig. Fünfunddreißig.

„Passen Sie gut auf, damit er nicht schummelt."

Und während ich auf die Straße trete, höre ich schon die Unkenrufe.

SECHS

„Ich weiß ja nicht. Soll das jetzt ein ernsthafter Beitrag sein?"

„Zugegeben, die Idee lustig, aber bitte etwas mehr Substanz."

„Wo bitte ist die Leiche?"

Zum Glück ist das nicht mein Problem. Damit musst du dich, lieber Autor, herumschlagen. Von mir aus kannst du bis in alle Ewigkeit über die fehlende Leiche lamentieren.

„Obwohl: Wenn der Verleger die fehlende Leiche bemängelt, könnte ich auf die Doppelbödigkeit hinweisen, wie hier der Protagonist in Dialog

mit seinem Autor tritt. Und ein leichenfreier Krimi, elegant erzählt, schön verflochten, fällt aus dem Rahmen, bereichert die Sammlung. Wird auf der Überforderung der Leser herumreiten, der Verleger. Schön und gut, sage ich, muss man manche Stellen zwei Mal lesen, muss man öfter mal kurz drüber nachdenken, dann erschließt sich das alles. Allerdings kann sich der Verleger als konsequenter Vegetarier bestimmt einen verführerischen Geruch als den von Currywurst vorstellen."

Richtig, zum Beispiel den von frischem Rhabarberkuchen. Auch nicht zu verachten.

„Für die Geruchsfrage wird mir noch was einfallen! Darauf gebe ich mein Wort!"

SIEBEN

Ich nehme an der Theke meine Currywurst in Empfang und fingere einen Schein aus meiner prall gefüllten Schlangenledertasche. Currywurst mit Pommes, wie das duftet! Das ist vielleicht ein Geruch! Können Sie sich einen schöneren vorstellen?

Utz, Jessica, Evelyn, ein Arbeitsloser & ich

Der Himmel! Der Himmel über dem Käfertaler Wald! Strahlend blau! Die Kronen der Kiefern schaukelten in der leichten Brise wie in Zeitlupe. Utz war schon lange nicht mehr im Wald spazieren gewesen, noch dazu an so einem Bilderbuchtag.

Er hatte gerade seinen vierzigsten Geburtstag groß gefeiert und war in seinem Job als Firmenberater das, was man gemeinhin eine Koryphäe nannte. Vor allem bei Sanierungen war er der Topexperte. Dass dabei immer auch Mitarbeiter ihre Arbeitsplätze verloren, war ihm nicht einmal einen Gedanken wert. Er verdiente so gut, dass er nur einen kleinen Bruchteil ausgeben konnte. Er war geschieden, zum Glück, wie er sich jeden Tag sagte. Er war mit Evelyn Vogt befreundet, einer begabten Pianistin, die viel auf Reisen war. In der Zwischenzeit tröstete er sich mit einer überkandidelten Galeristin, die seine Mutter hätte sein können, und einer blutjungen Referendarin für das Lehramt an Gymnasien.

Utz hatte alles erreicht, was er sich jemals erhofft hatte. Er hätte mit seinem Leben zufrieden sein können. Nur die Unterhaltszahlungen an seine geschiedene Frau Jessica nervten ihn in regelmäßigen Abständen. Und manchmal kamen ihm leise Zweifel. Sollte das schon alles gewesen sein. War das der Sinn des Lebens?

Mein erster Impuls: Der Stinkstiefel muss über die Klinge springen. Und zwar schnell. Also platziere ich die Ex hinter einer Buche, drücke ihr eine Pistole in die Hand, lasse sie im geeigneten Moment vorspringen, die Pistole auf ihn richten.

„Deine letzte Stunde hat geschlagen! Ich knall' dich ab", lege ich ihr in den Mund.

Blank bleibt verdutzt stehen.

„Jessica, soll das ein Witz sein?"

„Ein Witz?"

Jessica betrachtet die Waffe in ihrer Hand.

„Ich weiß auch nicht, was das soll. Ich dich abknallen? Wie käme ich dazu? Ich bin froh, dass ich dich los bin. Und die Abfindung war auch großzügig. Was sollte ich ohne deine Unterhaltszahlungen machen? Hoffentlich laufe ich dir so bald nicht wieder über den Weg."

Abgang Jessica. Vorher hat sie die Pistole noch fallen lassen.

Eigentlich sollte Utz Blank an dieser Stelle schon über den Jordan sein. Nun gut, eine kleine Verzögerung, mehr nicht. Ich schnappe mir die Pistole, drücke sie Evelyn Vogt in die Hand, die ich auf einen Stein am Wegrand setze. In wenigen Sekunden wird Blank hier vorbeikommen.

„Hallo, Utz, ich wollte dir nur sagen, es ist Schluss. Du langweilst."

Utz zuckt mit den Schultern.

„Alles klar, kein Problem, Evelyn. Nur, was hast du mit der Knarre vor?"

„Knarre?"

Evelyn stopft die Pistole in ihre Designerhandtasche und will sich verdrücken. Ich kann sie gerade noch abpassen und die Waffe aus ihrer Tasche fischen.

Eine Frau als Rächerin hätte so gut ins Konzept gepasst. Dann eben nicht. Wer kommt noch infrage? Ein entlassener Mitarbeiter irgendeines Betriebs. Bei einer Sanierung hat er seinen Arbeitsplatz verloren. Baseballkappe aufsetzen, um den Mund einen Schal drapieren, die Pistole in die Hand drücken.

„Sind Sie Utz Blank?"

Blank nickt. Er macht einen zunehmend genervten Eindruck.

„Finden Sie nicht, dass diese Begegnungen mit der Pistole in der Hand langsam inflationäre Ausmaße annehmen?"

Mir ist nicht klar, ob Blank die Frage an den Anleger oder an mich richtet. Der frühere Arbeitsplatzbesitzer jedenfalls wechselt die Pistole von seiner Rechten in die Linke und schüttelt Blank überschwänglich die Hand.

„Danke, Sie haben mich zwar um meinen Arbeitsplatz gebracht, aber dadurch habe ich den Blick für die wahren Werte des Lebens erst gewonnen. Danke! Vielen Dank!"

Und ehe Blank sich versieht, ist der glücklich geschädigte

Arbeitslose verschwunden und er selbst hält die Pistole in der Hand.

Verflixt. Langsam bin ich wirklich frustriert. Keiner will Utz Blank um die Ecke bringen. Mir gehen die potenziellen Täter aus. Mit solchen Schwierigkeiten bei einer zugegebenermaßen einfachen Handlung hatte ich nicht gerechnet. Bleibt nur noch Blank übrig. Soll der sich doch selbst die Kugel geben. Soll der doch den Schlussknall unter sein verpfuschtes Leben setzen.

„Ich? Mir selbst die Birne wegblasen? Kommt nicht in Frage. Dafür bin ich nicht zuständig. Das Aussteigen, das wäre ein Thema. Darüber könnten wir zwei uns unterhalten, bei einer guten Flasche Wein, versteht sich. Wenn Sie unbedingt Wert auf mein Ableben legen, müssen schon Sie die Drecksarbeit erledigen."

Geistesgegenwärtig greife ich nach der Pistole, die er mir zugeworfen hat.

Ich? Ich soll am Ende Blank kalt machen? So weit kommt es noch! Was geht mich der langweilige Utz an? Was habe ich mit dem zu tun? Soll er doch ruhig weiter durch den Wald stiefeln. Soll er doch weiter Firmensanierungen in die Wege leiten und verdiente Mitarbeiter in die Wüste schicken. Soll er doch weiter Geld scheffeln, das er nicht ausgeben kann. Soll er doch weiter darüber grübeln, was denn mit seinem Leben wohl nicht stimmt. Soll er doch weiter nach einem Sinn suchen. Aber bitte ohne mich!

Unser schönstes Ferienerlebnis

Niemand sagte etwas. Es wäre nicht ratsam gewesen, etwas zu sagen, wir hätten entdeckt werden können. Im Stall war es noch schwüler als draußen. Er war niedrig, ziemlich groß, weiß gekalkt und leer bis auf ein Gestell, so ähnlich wie die Böcke, die in der Schule zum Bockspringen benutzt werden. An den Wänden waren ein paar Ringe eingemauert, vielleicht hatten da früher Pferde gestanden. Es brannte das rötliche Licht, das für die Aufzucht der Ferkel gebraucht wird. In diesem Stall kam er mir größer vor, auch seine Stimme klang anders, als er uns sagte, dass wir uns ganz ruhig verhalten sollten.

Wir sahen uns angekettet an den Ringen. Wir sahen uns als Geiseln verschleppt. Wir sahen uns mit aufgeschlitzter Kehle unter dem Ferkellicht liegen. Ich hätte laut aufschreien können, doch dann wären wir gleich bemerkt worden. Aber auch wenn wir uns ruhig verhielten, war es nur eine Frage der Zeit, bis wir entdeckt wurden. Schließlich gab es in dem alten Stall keine Möglichkeit sich zu verstecken. Von diesem seltsamen Gestell abgesehen. Aber bot das drei erwachsenen Menschen ausreichenden Schutz?

Das Wetter hier an der Nordsee kann im Sommer in wenigen Minuten radikal wechseln. Eben noch blauer Himmel und Sonnenschein. Im nächsten Moment graue Wolken. Dicke Tropfen platschten auf uns nieder. Unser Führer hatte uns den alten Stall gezeigt, ganz in der Nähe.

„Der steht im Sommer leer. Im Winter werden hier Schafe von Nordstrand ihre Unterkunft finden. Da können wir uns unterstellen."?

Wir lehnten unsere Räder an die Wand des Stalles und betraten, schon reichlich durchnässt, durch eine Seitentür den Stall, der uns, wie wir dachten, Schutz bieten sollte. Zumindest, was den Regen betraf, traf das zu. Da es in dem Gebäude, bis auf das rötliche Licht, duster war, stolperten wir erst eine Zeit lang ziel- und planlos vorwärts. Aber als wir uns endlich in dem riesigen Raum orientiert hatten, stockte uns der Atem. Am anderen Ende herrschte betriebsame Geschäftigkeit. Wir sahen Motoren, Autoteile, ganze Autos. Luxuskarossen. Und eine Hand voll Menschen. Noch waren wir nicht entdeckt, aber wir wollten uns gar nicht vorstellen, was passieren würde, wenn die Bande uns in ihre Finger bekäme. Das Gestell! War das unsere Rettung? Eine vage Hoffnung, mehr nicht. Trotzdem machten wir uns so klein wie möglich und kauerten uns dahinter.

„Hauke Hauenschild", hatte er sich uns vorgestellt. „Sagen Sie einfach Hauke zu mir."

Mein Mann zwinkerte mir zu. Ich verstand. Hauke, der Schimmelreiter bei Storm.

„Und ich bin der Gerhard aus Mannheim", sagte mein Mann plump-vertraulich, was sonst gar nicht seine Art ist.

„Ah, Nationaltheater, Schiller, Uraufführung der Räuber!"

Hauke war informiert. Es hätte nur noch gefehlt, dass er einen Monolog Karl Moors aus dem Stegreif deklamiert hätte.

„Margot", stellte ich mich kurz und knapp vor.

Im Storm-Museum in Husum hatten wir den Hinweis auf die Fahrradführungen gefunden. Auf den Spuren Storms rund um Husum. Dazu eine Telefonnummer. Mein Mann rief an, erfuhr, dass noch Plätze frei waren und meldete uns für die nächste Führung am Samstag an. Treffpunkt: der Friedhof bei der Hattstedter Kirche am Grab des Deichgrafen Johann Iwersen Schmidt, der Storm als Vorbild im „Schimmelreiter" gedient hatte. Die Resonanz auf die Radführung auf Storms Spuren war mehr als bescheiden. Mein Mann und ich waren die einzigen Interessenten. Der ganze Spaß sollte 22 € kosten, pro Person, versteht sich, zahlbar am Ende der Exkursion. Nicht gerade billig, fand mein Mann. Der Samstag war ein Tag aus dem Bilderbuch, blauer Himmel, Sonne, es war warm, fast heiß. Vom Friedhof ging es nach Sterdebüll zum „Schimmelreiter-Krug". Wir machten erst einmal Rast. Hauke bestellte drei Pharisäer. Natürlich erzählte er uns die Geschichte des Getränks, die wir jedoch in den letzten Tagen schon mehrere Male gehört hatten. Wir lachten aus Höflichkeit mit. Hauke leerte seine Tasse in rekordverdächtiger Zeit, erstaunlich, schließlich war der Pharisäer verflixt heiß und hochprozentig. Er bestellte einen zweiten und einen dritten. Die Rechnung ging natürlich auf unsere Kosten. Hinter Lundenberg erreichte uns der Wetterwechsel, der uns zwang, den Stall als unsere Zufluchtsstätte zu wählen.

Ferien. Nordstrand. Weites Land. Deiche. Wasser. Schafe. Vor allem Schafe. Gleich am ersten Tag hatten wir uns Räder geliehen und erkundeten die Insel, besser die Halbinsel, denn seit den dreißiger Jahren ist die Insel mit einem Damm mit dem Festland verbunden und kann bequem mit dem Auto erreicht werden. Obwohl: Die Bewohner Nordstrands legen großen Wert auf ihren Inselstatus, schließlich gibt es das Insel-Kaufhaus, den Insel-Fisch-Kiosk, die Insel-Kosmetik und natürlich die Insel-Apotheke. Nach einigen Tagen machten wir uns auf nach Husum. Und im Storm-Museum fanden wir die Telefonnummer. Hätten wir auch nur im Entferntesten geahnt, was da auf uns zukommen würde, nie und nimmer hätte mein Mann die Nummer gewählt.

„Wie kommen wir da wieder heraus?", flüsterte Gerhard mir zu.

„Wo soll das nur hinführen?", erwiderte ich.

Ein guter Einwand, noch dazu ein längst überfälliger. Ehepaar, Bildungsbürger, wahrscheinlich Lehrer, in der Hand von Autoschiebern, wahrscheinlich Polen. Wenig prickelnd. Und mit Klischees überfrachtet. Merkt der Autor eigentlich nicht, dass er die Geschichte an die Wand setzt? Hat er eine Vorstellung davon, wie es weitergehen könnte? Werden die drei entdeckt? Werden sie angekettet? Kommen sie mit dem Leben davon? Befreit sie ein Sondereinsatzkommando? Zerstreiten sich die Gangster, weil sie sich nicht einigen können? Oder tauchen vielleicht gar unvermittelt die Schafe schon auf? Was fehlt, ist eine zündende Idee. Die Leser wollen Schnürsenkelkrimis. Und die Alternativen? Hundekämpfe im alten Stall? Schwarze Messen? Rechtsradikale? Die drei Protagonisten bedrängt von blutrünstigen Kläffern, umringt von Satanisten, bedroht von Neonazis? Was ändert das? Also Schadensbegrenzung. Rückzug. Hauke, Gerhard, Margot stehlen sich einfach aus der Geschichte. Oder besser: Die Geschichte selbst stiehlt sich fort.

Wir sehen uns angekettet. Verschleppt. Mit aufgeschlitzter Kehle. Verhalten uns vollkommen still. Obwohl erst wenige Minuten vergangen sein können, seit wir den Stall betreten haben, erscheint es mir wie eine Ewigkeit. Unser Führer deutet auf die Tür. Dann zeigt sein Finger auf seine Schuhe. Wir verstehen. In diesem Augenblick öffnet sich das riesige Tor des Stalles mit Getöse. Nein, keine Schafherde stürmt herein. Zwei Lastwagen fahren in den Stall. In Windeseile werden die Autos und die Autoteile auf die Lastwagen verladen. Motoren heulen auf, Reifen quietschen. Das Tor des Stalls knallt zu. In weniger als fünf Minuten ist der Spuk, der uns Todesängste verursacht hat, vorbei. Der alte Stall liegt verlassen und leer vor uns. Bis auf das Gestell, hinter dem wir uns versteckt haben. Eine gespenstische Stille umgibt uns. Selbst das rötliche Ferkellicht ist erloschen. Wir machen, dass wir ins Freie kommen. Der Regen hat aufgehört. Blauer Himmel begrüßt uns.

„Macht 44 Euro", sagt Hauke und hält uns seine offene Hand entgegen. Gerhard will protestieren.

„War das etwa nicht genug Spektakel?", wird er von Hauke unterbrochen.

Ich bezahle anstandslos, Hauke nickt uns zu, schnappt sich sein Rad, dreht sich um und wünscht uns noch einen schönen Tag. Und schon ist unser ehemaliger Führer um die Ecke verschwunden.

Mein Mann zuckt mit den Schultern.

„Um fast sechzig Euro ärmer. Aber wir sind am Leben!"

Natürlich muss ich ihm zustimmen. Wir sind Glückspilze.

„Wenn wir das unseren Freunden erzählen, wird uns das keiner abnehmen!", sagt Gerhard, als wir uns auf die Räder schwingen und den Stall hinter uns lassen. Der Stall wird klein und kleiner und versinkt in seinen Dornröschenschlaf. Die Auszeit hat der Stall nach all dem Stress mit den Autoschiebern dringend nötig. Und außerdem muss er Kraft tanken. Die nächsten Turbulenzen stehen bevor. Schließlich ist nicht mehr allzu lange hin, bis die Schafe sich vor dem Tor drängen werden.

Bilanz

Nachdem ein dreißigjähriger Klavierlehrer vom
Almenhof
in
Blumenau
seine gleichaltrige Schülerin aus
Casterfeld,
die eine Liebesbeziehung zu ihm abgebrochen hatte, erwürgt
und ihr den Kopf abgeschnitten hatte, erschlug er seinen Nachbarn,
einen gebürtigen
Feudenheimer,
in
Friedrichsfeld
aufgewachsen, nach einem kurzen Intermezzo in der
Gartenstadt
jetzt im
Herzogenried
lebend, und bezeichnete ihn, wie der Klavierlehrer zu Protokoll
gab, als „notorischen Alkoholiker und schlechten Menschen" und
stieß der Leiche einen Kreuzschlitzschraubendreher in den Kopf,
während ein achtundzwanzigjähriger Vater von der
Hochstätt
nach einem Streit mit seiner Frau aus dem
Jungbusch
den zehnmonatigen Sohn aus einem Wohnblock in
Käfertal
vom vierten Stock auf die Straße warf, enthauptete
ein Dreiundzwanzigjähriger aus
Kirschgartshausen
seinen vierundachtzig Jahre alten auf dem
Lindenhof
geborenen Stiefvater in einer Apotheke auf dem
Luzenberg
mit einem Samuraischwert, entdeckte eine Hausangestellte von
der

Mallau
in einem Seniorenwohnheim in
Neckarau
einen sechzigjährigen Mann aus der
Neckarstadt
mit tödlichen Kopfverletzungen auf dem Speicher,
wurde ein Sechsundvierzigjähriger aus
Neuhermsheim,
früher in
Neuostheim,
jetzt im
Niederfeld
wohnend, mit einem Ziegelstein aus der
Oststadt
auf dem
Pfingstberg
erschlagen, stürmte ein Siebzehnjähriger von der
Rheinau
in ein Lokal im
Rott
und erschoss dort die sechsunddreißigjährige Freundin seines
älteren Bruders aus
Sandhofen,
weil die Familie, die inzwischen vom
Scharhof
auf die
Schönau
umgezogen ist, mit der Verbindung nicht einverstanden war,
wurde die seit drei Wochen vermisste Kerstin K. aus der
Schwetzingerstadt
mit zahlreichen Einstichwunden am Kopf und am Hals in einem
Weinkeller in
Seckenheim
gefunden, erschoss ein sechsundzwanzigjähriger aus
Straßenheim
einen siebenundfünfzig Jahre alten Ikonenhändler aus

Suebenheim,
schwebt ein Geldbote von der
Vogelstang
noch immer in Lebensgefahr, überfiel ein
Waldhöfer
auf dem Wochenmarkt in
Wallstadt
einen Gemüsehändler vom
Wohlgelegen,
betont der Pressesprecher des Polizeipräsidiums Mannheim in
den **L-Quadraten,**
übrigens ein gebürtiger
Südbadener, jetzt wohnhaft in der Filsbach
dass weder das Wetter noch die Stellung des Mondes in irgendeiner Verbindung zu den Straftaten des vergangenen Wochenendes
stünden.

Anmerkungen

2007 erschien mein erster Krimiband, „Mord im Quadrat". Inzwischen liegt er in 6. Auflage vor und ist auch als Hörbuch mit der Musik des im Februar 2016 verstorbenen Mannheimer Gitarristen Hans Reffert aufgelegt worden. In den letzten Jahren sind neue Mordgeschichten entstanden. Zeit, sie in einer neuen Sammlung vorzustellen. Einige sind bis jetzt unveröffentlicht. Andere Erzählungen erschienen verstreut in verschiedenen Anthologien. Für den vorliegenden Band wurden sie alle überarbeitet.

„Der Mord in der Schimperstraße", aus: „Mörderisches Mannheim", Wellhöfer Verlag, Mannheim, 2008. Danke an Volker Keller, der mir sein Material freundlicherweise zur Verfügung stellte. Ohne seine Unterstützung hätte ich diese Geschichte nicht schreiben können.

„Bilanz" und **„Mutterliebe"**, aus: „Mörderisches Mannheim", Wellhöfer Verlag, Mannheim, 2008,(dort unter dem Titel: „Das Medea-Motiv").

„Morgen wird nicht" und **„Willem"**, aus „Mörderische Kurpfalz", Wellhöfer Verlag, Mannheim 2008.

„Wassertreten", **„Der letzte Tag"** und **„Utz, Jessica, Evelyn, ein Arbeitsloser und ich"**, aus: „Mörderische Pfalz", Wellhöfer Verlag, Mannheim, 2008, (dort unter dem Titel: „Urs, Jessica, Evelyn, ein Anleger und ich").

„Ein lukratives Geschäft", aus „Tödliche Wasser", Gmeiner Verlag, Meßkirch, 2009.

„Strippenzieher", aus: „Mörderischer Erfindungsgeist", Gmeiner Verlag, Meßkirch, 2011.

„Die Rentnergang", aus: „Mannheim auf die kriminelle Tour", Wellhöfer Verlag, Mannheim, 2012.

„Späte Bescherung", aus: „Tödlicher Glühwein", Leinpfad Verlag, Ingelheim, 2014.

„Innig und vertraut", aus: „Tödliche Zimtsterne", Leinpfad Verlag, Ingelheim, 2015, (dort unter dem Titel: „Wie ein altes Ehepaar").

„Freunde", aus: „Mordlichterganz", Leinpfad Verlag, Ingelheim, 2015, dort unter dem Titel: („Freunde halten zusammen").

Das Zitat zu Beginn des Textes „Spielverderber" stammt aus meiner Erzählung „MAST" aus **„Mord im Quadrat"**, Wellhöfer Verlag Mannheim 2007.

FSC
www.fsc.org
MIX
Papier | Fördert
gute Waldnutzung
FSC® C083411

Zeitfracht Medien GmbH
Ferdinand-Jühlke-Straße 7
99095 Erfurt, Deutschland
produktsicherheit@kolibri360.de